徳 間 文 庫

月はまた昇る

成 田 名 璃 子

徳 間 書 店

目次

第一章　運命の通知

☆彩芽《あやめ》

母乳は、日によって鉄錆《てつさび》や青魚に似た臭いがする。

彩芽がそのことを知ったのは、初めて搾乳《さくにゅう》した時だった。母乳というものは、当然、郷愁を誘う甘ったるい香りがするものだと思い込んでいたせいで、最初にこの手の臭いが鼻をついた時、何かの病気に罹《かか》ったのではないかと慌ててしまった。

さっき搾乳した母乳にも消費期限ぎりぎりの魚のような臭みがあり、産後疲れでミルク色にぼやけた思考がさらに集中を欠くことになった。

意識が眠気に取り込まれないよう苦労しながら、リビングのソファに腰掛ける。テーブルの上に置いてある無機質なグレイの封筒を手に取ってしばらく眺め、開こうか迷って再びもとの場所に戻す動作を、先ほどから繰り返している。

封書の表にはM区役所保育課と印字されていた。彩芽が開けるのを躊躇《ちゅうちょ》しているのは、M区認可保育園への入園可否通知なのである。

M区在住のママ達が交流するローカルなサイト『すくすくキッズ』の情報によると、保育園内定の場合は厚め、不可の場合は薄めの封書が届くという。しかし今、彩芽の手中にある封書はどちらとも言いかねた。

母親の緊張が伝わったのか、ベビーベッドで大人しく寝ていた息子の悠宇《ゆう》がぐずりだす。さっと立ち上がって、儚《はかな》いほど柔っこいお腹を優しく叩いてやったあと、テーブルまで戻って再び封書を手に取った。今度こそ覚悟を決め、封書の端をはさみで切る。微《かす》かに震える指で中のプリントをつまみ出すと、文言の印刷された用紙が四枚。

ぬめりとした不安が胸から全身へと浸潤していく。

「お願い、受かってて」

職場では、初期段階から関わっていたプロジェクトが、来年からようやく日の目をみようとしている。三年間の準備期間のほとんどを責任者として陰日向《かげひなた》で関わってきたのに、約束した今年の春に復帰できなければ、もうチームの中にリーダーとしての彩芽の席はなくなってしまう。来年の春に復職できたとしても、時間の融通が利いて育児との両立が可能な職務に転属させられ、いわゆるマミートラックをひた走ることしか許されないだろう。

いわば彩芽の仕事人生を左右する文言が、この薄っぺらな紙に記載されているのだ。

大丈夫。フルタイムの共働きなんだし、事情を陳情する丁寧な手紙も、これまで形にしてきた仕事の資料も添付した。贅沢《ぜいたく》を言わず、倍率の低そうな園から希望を埋めていった。出来ることは全てやったのだ。あとは、行政と自分の運を信じるしかない。

三つ折りのプリントを、思い切って開く。

しかし、視界に飛び込んできた文字を見た彩芽は、一瞬、自発呼吸が停止した。

「嘘でしょ」

M区からの知らせには、申し込んだ五つの認可保育園の名前が印字され、その横に、彩芽をあざ笑うかのような二文字が等しく五つ、不可不可不可不可不可と縦に並んでいた。

壁一面のガラスの向こうには二月の澄んだ青空が広がり、オフィスビルの窓やタワーマンションの透き通ったベランダガラスが、眩《まぶ》しいほどに陽光を反射している。どうやってここまで来たのか覚えていないが、気がつくと彩芽は、悠宇を連れ、マンションから徒歩数分の場所にあるカフェバウスの一席を占めていた。

妊婦やママ友同士がよく子連れで集まっているここなら、赤ちゃんが一人ぐらい泣きだしても誰も気に留めないし、赤ちゃんルームにおむつ替えシートや授乳室も完備してあって安心だ。

今は、『すくすくキッズ』という区が主催する育児サイトの掲示板を、眺めているところだった。

彩芽の暮らす東京湾岸部は、人口増加が著しいM区の中でも、山手線のターミナル駅が徒歩圏というアクセスの良さと、東京湾を見晴らすリゾート感を兼ね備えていることで人気の再開発エリアだ。かつての倉庫街は真新しくて気持ちのよい住職一体型の街並みに生まれ変わり、平日はサラリーマンや小綺麗《こぎれい》な格好をした子連れのママ達が、休日はそれに父親が加わったファミリーが、モールでの買い物やレジャーを楽しんでいる。

都内最大規模と謳《うた》われたM区の湾岸部再開発は大成功を収めた。ただ一点、待機児童対策を除いては。

現在、同区の保育園決定率は二十三区中二十二位で、対応の遅れが指摘されながらも改善は進んでいない。ただし何もなされていないわけではなく、例えば去年は、三千人規模の受け入れ枠を新たに確保したのに、それを上回るワーキングマザーが顕在化《けんざいか》し、イタチごっこがつづいているのである。

これだけマンションが新しく増えれば、未就学児童も増えることくらい簡単に予測がつきそうなものだが、働きたい母親がこれほど多いとは、区政の実権を握るバブル世代の男性たち――自らの妻の多くは専業主婦――には予想外だったのかもしれない。

どうせ、女性枠の数合わせで管理職になっただけだろ。

仕事上での意思疎通に苦労させられた年上の部下の声が脳内でねばっこく甦《よみがえ》り、端末の画面をスクロールする指先に力がこもった。

抱っこ紐《ひも》に収まってすやすやと眠っている悠宇が、「ヴヴ」とくぐもった声を出す。

気がつけば前回の授乳からとっくに三時間以上過ぎており、悠宇もお腹が空《す》いたのか、もぞもぞと体を動かして本格的にぐずり出してしまった。

勝手知ったる赤ちゃんルームへ移動し、哺乳瓶にミルクを用意した。母乳の出が十分ではなかったため、出産直後からミルクと母乳の両方で育てている。

一心に乳房に吸い付く悠宇の様子を眺めていると、幸福感に満たされ、息子を守り育てていくことだけ考えていたくなる。しかし、この感情がシャボン玉よりも脆《もろ》い幻であることを彩芽は自分という女との四十年以上になる付き合いで知っていた。

所詮、仕事で動き回っていないと、息苦しくなってしまう人間なのだ。家事は苦手だし、お世辞にも母性が豊かなほうではない。しかし息子は、そういう自分を母親に選んできてくれたのだから、自分が心から楽しんで生きている姿を見せてやりたい、という考えは都合が良すぎるのだろうか。

いったん乳房を悠宇の口から離し、水に浸けておいた哺乳瓶に触れる。ミルクが適温になったのを確認してから悠宇の口の中にふわりと差し入れてやった。

「どうしようね、認可保育園に落ちちゃったよ」

ぽつんと呟《つぶや》いたが、悠宇は懸命に哺乳瓶をしゃぶるばかり。その姿は愛《いと》おしいものに違いないが、ときどき、言葉の通じない相手と孤島に取り残されたような心細さを感じる。

国の定めた厳しい基準を満たす認可保育園に蹴られた後は、都が定めた緩やかな基準を満たす（多くは園庭がない、保育士が少ないなど認可より条件的に劣る）認証、あるいは国・都のどちらの基準も満たさない認可外の保育園を検討することになる。しかし、認証、認可外ともやはり激戦で、前年の春にはもう予約で埋まる園も少なくないため、どこにも決まらなかった場合には育児休暇を延長するしかない。

おむつ替えを急いで済ませて抱っこで揺らしてやると、悠宇は再び眠ってしまった。

専用のダストボックスにおむつを捨てながら、キャリアも一緒に捨てている気になる。

再び席へと戻り、スマホを開いて掲示板を覗《のぞ》いた。『2020年　保活総合スレ』と題されたスレッドを指でタップすると、今日だけですでに百件近い書き込みがあり、地元のママ達がそれぞれの当落を報告しあっていた。

〝最悪。全落ちした。新設園なのに二歳児でもダメだった（レオちゃんママ）〟

〝兄姉《きょうだい》加点があったのにダメでした。いよいよ待機児童ゼロのT区に引っ越しかなあ（ルビートマト）〟

〝うちはなんとか第一希望のワオ・ガーデンで内定ゲット。二年間の認可外通い、お財布きつかった～（ゆっくんママ）〟

コメントをスクロールしながら、小さな呻《うめ》き声が漏れる。

ワオ・ガーデンは、都内の高級住宅街をメインにチェーンを広げている人気園で、手厚い知育プログラムと見た目も可愛《かわい》らしい手作り給食、習い事への引率、保育園には珍しい希望者へのバス送迎の実施など行き届いたサービスで知られている。彩芽も申し込みたかったのだが、当然、倍率も相当のもので、フルタイムの共稼ぎだとしても入れるかどうか怪しいということがわかって諦めた。

「こんなにポイントを付けたのに駄目だったなんて信じられない」

「うちもポイント足りなかったみたい。いっそ会社辞めたいけど住宅ローンもあるしね」

後ろの席で、見知らぬママ友同士が嘆《なげ》いている。

都内の保育園では、受け入れの判断にポイント制を導入しており、両親ともフルタイム勤務、母子家庭、兄妹の有無など家庭の諸条件によって加点が行われる。その合計点数が高いほど入園に有利となるのだが、彩芽たちのような標準的な共働き家庭では、とてもワオ・ガーデンの高倍率を勝ち抜けるようなポイントは獲得できない。

あんなにリサーチして倍率の低そうな園を選んだのだし、少なからぬ税金を納めているのだから、一つくらいの園には拾ってもらえるに違いないと心のどこかで楽観視していた。だが、ポイントが同点となった場合、世帯収入の低い家庭の児童が優先的に入園させられるから、実は納税額は少ない方が有利だと後から判明した。所得の高い世帯をより優遇しろというつもりは毛頭ないのだが、納税額に見合う還元を実感できないとあっては恨み言のひとつも吐きたくはなる。

「いいなあ、ワオ・ガーデン」

公共の場で声を出してしまい、慌てて口を覆った。

ママ友同士の話し声が店内に響く中、誰ともシェアできない孤独と不安が彩芽の胸で渦巻き、気がつけば自分も掲示板にコメントを打ち込んでいた。

〝私は認可が全部、不可でした。今、頭真っ白。四月から仕事に復帰できなかったらキャリア終わる〟

文章を一度見直してから、ハッシュタグを付けて呟くことにした。

#保育園落ちた人この指止まれ

同じく不可通知を受け取った人に向けた呟きだとアピールしたかったたし、保育園の決まった幸せいっぱいのママ達からのレスポンスを、今は避けたかった。

規則正しい寝息を立てる悠宇の頭頂部に鼻先を埋《うず》めると、甘いミルクの香り、ではなく、やはり青臭い魚の臭いが漂ってくる。これは母乳の影響もあるのかもしれないが、男の赤ちゃん特有の臭みだということも、彩芽は子供を産んで初めて知った。

いよいよ、認可外園へ預けることを検討しなくてはいけないのだろうか。滑り止めにいくつか申し込みを済ませてはあるものの、自宅からの登園が現実的で、これなら高額でも通わせたいという園にはついに出会えなかった。

脳裏に、見学した無認可の保育園が浮かぶ。個性と自主性を育むことで人気のモンテッソーリ教育を謳い、自宅マンションの一室で子供数人を預かっていた園、とあるショッピングセンターの二階に設けられた空間に、卵を産む鶏のように園児を詰め込んでいた園、こちらを金づるとしか見なしていないような有料オプションだらけの園。

あれらのうち、どれかの園にまだ乳飲み子の我が子を預けてまで、仕事に復帰するべきなのだろうか。

いや、いずれにしてもこちらが選べる立場ではない。認可園の可否が決定した今、認可外園の枠が本格的に埋まっていく。もし、入園の希望を尋ねる連絡が来なければ、彩芽は認可外の園も不可だったということだ。

本当に、キャリアが終わってしまうかもしれない。

何もかも不確定なままの未来が、彩芽の眼前に広がっている。

後ろの席で赤ん坊が泣き始め、何度か顔を見かけたことはあるが話したことのないママが、慌てて席を立ち授乳室へと消えていった。

本当に少子化なのかと疑いたくなるほど子連れの多い街だが、皆他人だ。

誰かと無性に話したくなり、たまらず掲示板に再びコメントを打った。

〝今は子供と家にいてもくさくさしちゃうだろうし、保育園落ちたママ同士、集まって盛大に慰《なぐさ》めあいませんか？　善は急げで近々、カフェバウスに集まれそうな人っています

か？（どてかぼちゃ）#保育園落ちた人この指止まれ〃

日の位置が変わったのか、向かいのビルの反射光が視界を潰すように差し込んで来た。

◇敦子《あつこ》

今朝、保育園に行きたくないと踏ん張った娘の玲美《れみ》を、無理矢理持ち上げて自転車の後部座席に乗せた。抵抗する四歳の体を抱えると骨盤がみしっと軋《きし》むほど重く、両腕のだるさが夕方まで残っていたが、それでも敦子は、会計ソフトに向かって数字を打ち続けている。

あと三十分ほどで会社を出なければ、お迎えに間に合わない。正規預かり時間は六時までだが、そこから一分でもはみ出せば、一時間ごとに二百円の追加料金がかかる。大きな金額ではないが、母子家庭の今の収入では、おやつ一回分の出費も切り詰めたい。

きゅっとお腹に力を入れて姿勢を正し、椅子に深く座り直した時、粘度の高い声で「沢《さわ》村《むら》さん」とお呼びがかかった。

声を掛けてきたのは、上司の皆川《みながわ》だ。ベテランで敦子もよく面倒を見てもらっていた先輩の光村《みつむら》が先月辞めてから、やたらと細かくデータの確認をしてくるようになった。

このタイミングで、嘘でしょ。

内心では思いきり溜息をついていたが、無表情のまま「はい」と返事をした。

「ちょっと先月の会計で聞きたい箇所があるんだけど、会議室で打ち合わせできないかな」

「それなら、ここでじゃダメですか？　光村さんの席もまだ空いてますし」

皆川は一瞬、鼻白んだ表情を浮かべたが、頷《うなず》いて敦子の隣の席についた。反射的に距離を空けると、皆川が素知らぬ顔で椅子を詰めてくる。こみ上げる嫌悪感を隠し通すことができず、ミントの香りがついた息から顔を逸《そ》らした。

皆川が、肩を寄せて囁《ささや》くように問いかけてくる。

「この二ヶ月の売上の推移を見たいんだけど、画面の出し方を知ってる？　ほら、この間、転職してきたＩＴ系出身の眉村《まゆむら》だっけ？　あいつがまたシステムを改悪しただろう」

ものすごく使いやすくなりましたけど。

そう答えたいのをぐっと堪《こら》えて眼鏡のずれを直し、敦子は淡々と使い方を説明した。時間を無駄にしないため、分刻みでスケジュールを管理しているというのに、なぜ下心がむせるほど漂ってくる上司のお守《も》りまでしなければならないのだろう。

昼休憩の時、スマホから保育園の定点カメラにアクセスして観た玲美は、俯《うつむ》いてお弁当を食べていた。

なるべく早くお迎えに行きたいのに。

隣では皆川がまだしつこくミントの息を吐いている。そもそも、部長とはいえ社長の親戚というだけでポストに収まった人間だから、敦子や同じ経理部の同僚たちからは、まっ先にスリム化すべきだと疎んじられている存在だ。

「さすが沢村さんの説明はわかりやすいなあ。ありがとう」

「いえ。それではこれで」

素っ気なく頭を下げて、業務へと戻る。今日は売上データのまとめ作業に加えて、先月の経費の締め日だから、普段よりも多忙なのである。

だが、敵が珍しく素直に離れていったと思ったら、今度は湿度の高いメールが届いた。

『つれない態度もいいけど、もうちょっと詳しく、明日、お昼でも食べながら説明してくれない？　そろそろ契約更新の時期だし、少し話をしたいんだけどね』

これは脅しだろうか。眉をしかめそうになったのを危うくこらえて、敦子は短く返信した。

『申し訳ありません。ランチはお弁当と決めております。説明は先ほどさせていただいた以上のことはできませんので、眉村さんに直接お尋ねください』

それ以上、皆川からの誘いはなかったが、退社時間になってランチバッグを手に事務所の外へ出ると、歩道で鉢合わせてしまった。皆川の隣を歩いているのは、確か先月、事務職として雇われたばかりのアルバイトで、まだ二十代前半の長谷川《はせがわ》だ。

「やっぱりシングルマザーだと仕事を見つけるのって大変だったんでしょう」

聞こえよがしの声に、心が波打つ。

「色々とここでやっていくコツを教えてあげるからさ」

同じシングルマザー同士、長谷川を助け出したい気持ちも湧《わ》いたが、これ以上皆川に敵対するとこちらの身も危ない。

今の会社は、契約社員とはいえ、労働時間も福利厚生もなかなかお目にかかれない好待遇で、玲美を育てていくためには失えない環境なのだ。

ごめんね。長谷川に心の中でだけ謝罪し、駅へと急いだ。


玲美の通う保育園、ワオ・ガーデンの出入り口の脇に設けられたチャイムを鳴らすと、カチャリという無機質な音とともに施錠が解除された。

真新しい敷地内へと足を踏み入れ、遊具の並ぶ園庭を横切って入り口ホールに顔を出す。すでに通園リュックを背負った玲美が立っており、脇に担任の一人である真由《まゆ》先生が控えていた。

「お帰りなさい。さ、玲美ちゃん、ママが来たよ」

玲美は真由先生とも敦子とも目を合わせず、俯いたままシューズに足を通しはじめる。

朝、登園した時とは異なるスパッツにはき替えたということは、お外遊びか食事かで失敗したのかもしれない。いずれにしても珍しいことで、敦子は少し胸騒ぎがした。駆け寄って玲美の視線までしゃがみ込み、「ただいま」と声を掛けると、四歳の娘の顔にくっきりと疲れが滲《にじ》んでいて胸を突かれる。

「あの」たまらず、真由先生に声を掛けると、向こうも待っていたように口を開いた。

「玲美ちゃんママ、実は玲美ちゃん、今日、おトイレを失敗してしまって。それだけならまだ四歳ですし、心配するようなことではないと思うんですけど」

「でもおむつが外れたのは三歳になってすぐですし、失敗なんて滅多に」

「ええ。いつもはいい子で必ずおトイレも自分で行ってくれるんですが、今日は玲美ちゃんが少し苦手な迷路のドリルがあって、一生懸命練習している間に間に合わなくなっちゃったみたいです。お母さん、少しでもいいので、お家でも迷路ドリルを教えてあげませんか?」

「迷路ドリル、ですか?」

「ええ。たとえお受験をしなくても、とてもいい脳の刺激になりますし」

真由先生の声が、途中から耳をすり抜けていくようになった。玲美が俯いたまま私の手を探って握り、ぎゅっと力を込めたからだ。

「先生。それより、玲美が最近、元気がないように見えるんですが。今日の給食の時間もずっと俯いていたようでしたし。何かあったんですか?」

真由先生が、わからず屋の親をなだめる口調になった。

「ですから、今、ドリルのお話をしたんですよ。ほし組さんのお友達には小学校でお受験をする子も多いですし、もうたくさんのお友達がオプションの英語学習や知育教室を選択しているんです。それに、水泳や体操教室で運動能力にも目一杯の刺激を与えて、何かあってもへこたれずに頑張る力を養っています。この時期の子供達は伸び盛りですし、正しいメソッドで手をかければかけるほど応えてくれますが、何もしなければ他のお友達との差が開いてしまいますし、ひいては自己肯定感にも差がついていくんです」

「つまり、他の子にできることが玲美にはできなくて、それで元気がないと？」

「私にはそのように見えます。こちら、入園説明会でもお渡ししたオプションのお教室の一覧表です。どうか、玲美ちゃんにもう少し意識を向けてあげてください」

「いただいていきます」

そう言ってプリントを受け取るのが精一杯だった。

我が子が園でこんなにも元気がないのは、親の教育不足のせいだとはっきりと告げられたのだ。受け取りようによっては、ネグレクトを指摘されたといっていい。

真由先生の言うオプションのお教室とは、いわゆる習い事のことである。

ワオ・ガーデンに限らず大抵の保育園では、四時頃までプログラムを組んで保育が行われ、それ以降はお迎えまで自由遊びの時間となる。テレビ番組を見せたり、ブロックなどでオモチャ遊びをさせたり、園によって方針が異なるのだが、ここでは、大部屋に子供達を集め、知育ビデオを流したり、オモチャで遊ばせるのが通常だ。しかし、オプション代を支払うと、自由遊びの代わりに近所のお教室に通わせてくれる。これらのお教室もワオ・ガーデンの親会社が運営しており、当園長の名を冠した教育メソッド、花村《はなむら》方式に基づいてカリキュラムを組んである。近隣の幼稚園のママ達にも大人気で公での募集にほぼ空きはないのだが、ワオ・ガーデンの園児には特別枠が用意されており、優先的に通えるという。

せっかくその機会があるのに、お子さんの未来を潰すつもりですか。

真由先生の表情が非難めいて見えたのは被害妄想だろうか。

しかし、優先枠があるからといって、ただで通えるわけではない。幸い、認可園の保育料は無償化になったが、それでも、母子家庭にとっては決して少なくない教育費や学資保険の費用を毎月どうにか捻出している現状がある。加えて習い事の月謝もとなると、もはや食費か僅かな貯蓄額を減らすしか選択肢はなかった。

私のせいで、玲美の地頭《じあたま》を伸ばしてやれないっていうの?

娘と同じように敦子自身も目を伏せ、その場から立ち去った。

その夜、敦子はリビングテーブルにお教室のプリントを広げて眺めた。もう幾度目かわからない特大の溜息を吐き出し、各教室の月謝を順に見て、再び弱々しい息を吐く。

玲美のアーモンド形の瞳に瞼《まぶた》が降りる直前、こう呟かれた。

――ねえ、ママ。れみ、あたまわるい？

すぐに、必死になって否定した。

――そんなことないよ。玲美はママのお手伝いも上手だし、お話を考える天才だし、頭が悪いなんてあり得ない。それどころか、とっても頭がいいよ。

――でもれみ、ドリルできないもん。まゆせんせも、えんちょせんせも、みんなやさしくない、すきじゃない。

具体的な状況は思い浮かばなかったが、いずれにしても娘にとって喜ばしくない事態なのは間違いがなかった。このままでは、これから玲美が育つ上で土台となる自信が崩れ去ってしまう。

娘を守るためには、もはや知育より遊びに重点を置いた保育園に転園させようと転園願いを提出しているが、どこも定員いっぱいで受理される見込みは今後もほぼない。脳裏に一瞬、田舎に住む母の顔が浮かんだが、母親も仕事を持って働いているし、第一、玲美の自己肯定感を上げてくれるような相手ではない。

やはり、貯蓄を削ってでもお教室に通わせるしかないのだろうか。

答えが出ないまま時間ばかりを浪費し、気がつくとタブレットで『すくすくキッズ』のサイトを起《た》ち上げていた。今から途中入園が可能な園について情報が落ちていないか、確かめることにしたのだ。こんな時は、遠くの親より、手元のネットである。

だが、保育園関連のスレッドを眺めてみても、今の時期は入園状況に関する話題がほとんどで、検索をかけても途中入園に関するスレッドや話題はほぼなさそうだった。

順にトピックスをチェックしていくうちに、『#保育園落ちた人この指止まれ』というスレッドが目に留まった。

開いて見ると、夕方にできたばかりにも拘《かか》わらず、一次募集で不可を受け取ったママ達の阿鼻叫喚《あびきょうかん》コメントが伸びに伸びて、すでにその数は五百件を超えている。さすがに最初のコメントからは追う気になれなかったが、どてかぼちゃというユーザーが、保活スレッドとは別に起ち上げたらしい。元のスレッドには保活に成功したママ達の書き込みも多いから、それらとは敢《あ》えて分けたかったのだろう。

見ている間にも、コメントはどんどん伸びている。てっきり行政への恨み言や我が身を嘆く悲観的なコメントが噴出しているのかと思ったら、そういった流れは一段落したらしく、保活に失敗した者同士、皆で集まろうというランチオフ会の参加者を募っていた。

もしかして、ワオ・ガーデン希望だったママ達も参加するだろうか。

――地頭です。この何もかも速い、しかも見通しのきかない時代を生き抜いていくには、地頭こそが勝負を決めるのです。

園の見学に訪れた際、園長が発したあの言葉。他の子供たちと玲美の未来に溝ができるとしたら主に教育環境だと、敦子は常日頃から危惧していた。そんな敦子の耳に、園長の声は、ほとんど宗教的な響きを帯びて届いた。あの時は、できるだけの教育環境を玲美に与えてやりたい一心だった。

それが、こんなことになるなんて。

『ワオ・ガーデンに入れなくてラッキーだったかもしれないですよ』

咄嗟《とっさ》にネガティブなコメントを下書きしたが、送信ボタンを前にむずかるように震えた指先をなだめて、何とか消去した。

掲示板に書き込めば記録が残ってしまうが、実際に会ったママ達にワオ・ガーデンの実情を話すのはどうだろう。あの園の実態を誰かに伝えたくてたまらない。それは、子供達とママを助けることにもつながるはずだ。

言い訳のように心の内で呟いたあと、敦子は改めてコメントを打った。

〝認可保育園には通わせることができていますが、気持ち的には不可をもらっている者です。私も参加していいですか　（レミー）〟

敦子のあとは、しばらくコメントが途絶えてしまった。意味のわかりづらい、しかも重たい雰囲気の書き込みなどするのではなかったと後悔しかけた頃だ。

パンとコメントが表示された。

〝何やら大変そうですね。もちろん大歓迎です！（どてかぼちゃ）〟

このママ達と話をしたい。誰かと保育園への鬱憤を分かち合いたい。

いつしか敦子の胸の内にもそんな思いが湧き上がってくる。

保育園関係者で話す相手といえば、担任の先生達くらい。それもお迎えのほんの短いタイミングのみだ。同じ園に通うママ達もそれぞれ仕事を抱えて忙しいせいか、挨拶を交わす程度で皆そそくさと園から去っていく。中には挨拶さえせずに、飛ぶように帰っていくパパやママも珍しくない。

そうか、私は孤独だったのだ。

ようやく気がついた時、敦子の鼻の奥につんと刺激が走った。

◎梨乃《りの》

幼稚園のお迎えバスから息子の海斗《かいと》が降りてくるのを見て、梨乃の口元がほころんだ。

どちらかというとお転婆《てんば》な沙耶《さや》ちゃんが勢いよく降りてきたあとだから、海斗のおっとりとした足運びが余計に際立つ。人によっては急かしたくなるかもしれないが、梨乃にとって、このマイペースな動作は癒やしの素《もと》だった。

「海斗くんは優しいお兄ちゃんになりそうよねえ」

沙耶ちゃんママの声には少し棘《とげ》が混じっているが、いつものことなので鈍感なふりをしてやり過ごす。

「やっぱり真凜《まりん》ちゃんの面倒もよく見てくれるの？」

終わらせようとした会話を無邪気につなげてくれたのは、海斗のあとから降りようとしている碧《あおい》君のママだ。目下、妊活中で、できれば碧君に妹をつくってあげたいと意気込んでいるのだが、今、兄妹の話題を広げるのは避けてほしかった。沙耶ちゃんママは二人目の不妊治療を諦め気味で、少しセンシティブな話題なのだ。

今日も彼女達としばらく話してから帰らなくてはならないのだろうか。

生理中のせいか、気持ちがいつもより倦《う》んでおり、梨乃はこめかみに指の腹を強めに当てた。

「ママ、まりんがかえりたいって」

抱っこ紐に収まっている真凜を見下ろすと、微かにぐずっている。

「まま、まま」

「あ、ちょっとおむつかも。それじゃあ、またね」

内心で助かったと子供達に感謝しながら、海斗の手を引き、その場から徒歩三分のタワーマンションへと戻った。

高層階の玄関を開けて内側から鍵を閉めた瞬間、ほうっと息をつく。

「ママ、ジュース飲みたいなあ」

「ええ、またジュース？　お茶にしておやつを食べたら？」

「う〜ん、どうしようかなあ」

甘いジュースばかり欲しがる海斗を何とかなだめてパンケーキと麦茶を用意したあと、ぐずる真凛をベビーベッドに横たえ、おむつを替えてやる。にこにこと笑い始めた真凛を見て「連れ出してくれてありがと」と頭を撫《な》でた。離乳食も朝昼晩の三食になり、言葉も出はじめたとはいえ、今はまだ目が離せなくて大変だ。それでも、生まれたての頃とは別の可愛さが溢《あふ》れてきて、いくら見ても見飽きない時期だった。

「かわいいね、まりん」

海斗もいつの間にか梨乃の脇に並び、ベビーベッドを覗いて微笑《ほほえ》んだ。

子供達二人との時間は穏やかで、こんなに素晴らしい時間を独り占めしていいのかと罪悪感を覚えるほどだ。それでも時々、スマホで保育士の募集を眺めてしまうのは、やはり梨乃の心の芯に冷え切った虚《うつ》ろがあるからだった。

真凛をベビーベッドからオモチャのそばへと降ろしてやると、すぐに子供同士で遊び始める。その脇で、ローカルサイトである『すくすくキッズ』の保育士募集ページを無意識に開いた。

募集は相変わらず、ずらりと出てくる。どこの園でも慢性的に保育士が不足しており、梨乃のように資格があり、しかも勤務経験のある潜在保育士は、業界にとって垂涎《すいぜん》の人材なのである。ただし、梨乃はあくまでも募集を眺めるだけ。

――パートで保育士？　冗談だろ？　江上《えがみ》家に嫁いだ人間が外に出て働くなんてあり得ないよ。ただでさえハウスキーピングがおろそかになっているっていうのに。

復職を相談した時の晃《あきら》のイライラとした声が、今でも鮮明に甦る。

有名私立大卒で外資系の投資会社勤務、しかも資産家の次男に見初められた玉《たま》の輿婚《こしこん》。外側だけを表現すれば、梨乃は誰もが羨む結婚をした。実際、懸念を示した人間は誰一人いなかった。実の母を除いては。

――世界が違う人の家に嫁いだ分、苦労も多いの。それをわかっていて嫁ぐのだから弱音は吐かない事。それでも、どうしても無理だと思ったらいつでも帰っていらっしゃい。

これは、結婚式前夜に母から送られた言葉だ。式前日に何ということを口にするのだと啞然《あぜん》とし、腹も立ったが、今となっては母の言葉が身に染みる。友人、知人たちの蝶《ちょう》が舞っているような浮ついた祝いの言葉の中で、母だけが地に足をつけて自分を見守ってくれていたのだと今ならわかる。

窓の外から差す陽の方角が西寄りになった。そろそろ夕食の支度を始めなければ、あっという間に陽が落ち、晃が帰ってくる。

M区のタワーマンション、しかも高層階のメゾネットは、吹き抜けのLDKとテントも張れるほど広々としたルーフテラスが地続きのようにつながっている。夫によって与えられたこの空間に、夫が帰ってくるのを憂鬱《ゆううつ》に感じることは罪だろうか。

「あ、まりんだめ」

海斗の声で我に返り、スマートフォンを放ったまま子供たちに意識を戻す。

ベビーサークルの木材を噛もうと躍起になっている真凛を引き離し、よちよち歩きさせてサークルの真ん中へと引き戻すと、再び子供たちの笑い声が響きはじめた。

私も、囲いの中。

日常に倦んでいる自分をどう扱っていいのかわからないまま、梨乃は床に転がっているテディベアを膝の上に載せ、きつく抱きしめた。

夜の十時過ぎ。ガチャリと玄関鍵が回転する音が響いた。

一度俯き、次に顔を上げた時は穏やかな笑みを湛《たた》えて、梨乃は晃を迎えに出る。

「お帰りなさい」

晃は脱いだ靴をきっちりと揃《そろ》えたあと、玄関を入ってすぐ左側の子供部屋を覗いた。

「二人ともよく寝てるな」

「真凛はついさっきまで起きていたんだけど」

「さっきまで!?　早めに寝かせないと、成長ホルモンも分泌されないいし、脳の成長にも悪いらしいじゃないか」

　スーツを脱いで普段着に着替え、リビングダイニングへと出てくるまで、晃は一度も梨乃と目を合わせなかった。

「晩ごはんは食べたの？」

「飲みがてら済ませてきた」

　テーブルから夕食を下げる音に気づいているはずなのに、謝罪の言葉もない。予《あらかじ》め夕食が必要かどうか、新婚当初は連絡をくれたものだが、今ではメッセージで尋ねても返事はほとんどないから、食べる前提で用意をし、食べなければ翌日の自分の昼食に回している。

「今日も忙しかった？」

「まあね。俺も一日、家にいられたらどんなに幸せか」

「そう。外で働いてるんだものね。大変だよね」

　ソファに背を預けスマホに視線を落としている大柄の男。それが梨乃の夫だ。もし何らかの事情でこの相手と離ればなれになり、もう二度と会うこともなくなったとしたら、やはり梨乃はこの後ろ姿のみを思い浮かべ、やがてどんな顔つきをした人物だったか、どんな会話を交わしたのかさえも曖昧《あいまい》になってしまうかもしれない。

「海斗の勉強は進んでるのか？」

リモコンを手にとってテレビにニュース番組を映しながら、晃が抜き打ちテストのように尋ねてきた。

「ええ、先生には、ゆっくりだけれど、その分とってもよく考えて答えを出す子ですって褒められてる」

「そうか。プロセスは問わないから、幼稚学舎には間違いなく合格させてくれよ。兄さんのところは二人とも受かってるし、江上家の男が幼稚学舎に落ちるなんて前代未聞だぞ」

晃の口癖《くちぐせ》に、梨乃は溜息を押し殺して頷いた。

夫側の親族は皆、江上家のという枕言葉が大好きだ。江上家の男、江上家の嫁、江上家の家訓、江上家の子供。いつだったか義実家を訪れた際、「江上家の犬が情けない」と舅《しゅうと》が真顔で柴犬をしつけていた時は、さすがに呆気にとられてしまった。

夫が気にする通り、江上家の人間は、名門女子校である聖学院《せいがくいん》出身の義母を除き、全員が栄星《えいせい》大学付属幼稚学舎からエスカレーターで大学まで進んでいる。小学部である幼稚学舎の受験には、親や兄妹に栄星生がいる、寄付などによる貢献がある、特別な魅力がある、など、努力のしようのない部分での判断基準があるとされており、たとえ栄星ＯＢＯＧが縁者でも、必ずしも安心と言えないのが悩ましいところだった。そのため、どの親も躍起《やっき》になって合格実績のある幼稚園に入学させ、お受験対策に必死になる。

「少なくとも半分は俺の血が入ってる。あとは君のほうがどれだけ栄星生のＤＮＡに近づけてくれるかなんだけどな」

もはやあきらめの境地で、梨乃は頷く。いちいち傷ついていたら、子育てに注ぐ心のエネルギーが枯渇《こかつ》してしまうから。

晃と結婚して二人の子供達が自分のもとへとやってきてくれた。子供は親を選んで来るとよく聞いたものだが、そうだとしたらなぜ海斗も真凜も、自分達を選んだのだろう。

子供を少なくとも二人つくる。実家が求める条件を満たすため、カレンダー上のスケジュールをこなすようにセックスをし、妊娠を告げた時も「そうか、無理するなよ」と頷いたきり。特に労《ねぎら》われることもなく淡々と妊娠期間が過ぎていった。

いつから自分達の間には、こんなにもよそよそしい風が吹くようになったのだろう。

晃がシャワーを浴びて寝室へ入ってからはどっと疲れが押し寄せ、梨乃はひとり、子供部屋に隣接する家事室に籠《こ》もった。真凜が夜泣きをした時に、すぐに耳に入るよう少し扉を開けてある。晃は元夫婦の寝室だった二階の広々とした部屋を今は一人で使っており、梨乃が入室するのは掃除の時だけになっていた。

リビングに一人になってから、梨乃はノートPCを起ち上げ、例の『すくすくキッズ』にアクセスし、再び保育士の募集情報をチェックしていく。

これなら晃にも内緒でパートができるのではと密《ひそ》かに目をつけていた募集が、早々に締め切られているのを発見し、前のめりだった上半身を力なく椅子に預けた。

「そうよね。自分がいいと思う募集は、他の人だっていいと思うに決まってるもの」

気怠《けだる》い気分で他のスレッドを見るともなくスクロールしていると、見覚えのないタイトルに目がとまった。

『#保育園落ちた人この指止まれ』

幼稚園ではなく、保育園。働く親のための保育施設だ。このスレッドを開く人々は皆きちんとした職業や肩書きがあり、復帰すべき社会的な居場所があるのだと羨ましくなる。

梨乃はしばし目を閉じ、晃と対等にやり合う自分を想像した。最近お気に入りの妄想はこうである。

ねえ、もうちょっと早く帰ってきて子供をお風呂に入れてくれたっていいじゃない。稼ぎは同じなのになぜ私ばっかり育児するわけ？

晃はむっとしながらも、結局は言い返さず口ごもるだけだろう。何しろ仕事が忙しいのは二人とも一緒。しかも晃は、一部上場の大企業勤めでいわば組織の一歯車にすぎないが、梨乃は違う。ヘッドハンティングにより、とある保育園の共同経営者になったばかりで、新園の起ち上げに忙殺されている。歯車ではない、歯車を動かすブレーンなのだ。

そこまでで、梨乃の夢想はシャボンのようにはじけて消えた。保育園やデイケアサービス施設を運営する会社で保育士として三年ほど勤務したあと、さっさと寿退社をしてしまった。そんな自分のどこを見込まれて、共同経営者になど誘われるというのだろう。

もうすぐ三十代になるのに、私は、晃の妻で、海斗や真凜のママというだけ。じゃあ、私自身は誰？

焦燥《しょうそう》と憧憬《どうけい》の入り交じった気持ちで、『#保育園落ちた人この指止まれ』をクリックすると、夜の十一時だというのに、スレッドには活発にコメントが書き込まれていた。

順を追って読んでいくと、どうやら保育園に落ちたM区のママ達が、オフ会を開くことになったらしい。

〝ええと、今のところ参加者は二十名とそれぞれお子さんを一人から二人ですね。二月十五日十四時から。場所はカフェバウスを押さえました。まだ若干名余裕があるので、参加したい方はこのスレッドで表明してください（どてかぼちゃ）〟

私も、キャリアのある女性として、ここに参加できたらどんなに楽しいだろう。

幼稚園ママ達と最初にお茶をした時、話題に上がったのはお互いのパートナーの職業と婚約指輪のダイヤのカラット数やブランドについてだった。

――へえ、海斗君ママの旦那様は外資の証券会社なんだ。赤坂ってことはフェニックス・グラクソン？　あそこって成果が出ないとすぐリストラされるっていうし、大変じゃない？　うちは日本の財閥系商社だからその辺が安心なんだよねえ。

――指輪、二カラットなんだ。え？　ノンブランド!?　心配じゃない？

晃の会社が実力主義でリストラが少なくないことを、梨乃はママ友からの指摘で初めて知り、ネットでも確認してみたが、もちろん夫本人には聞いてみたことはない。

高給と引き替えに、神経を削るようなマネーゲームの世界に夫が身を置いていることを知ったあと、ほんの少しだが夫に対して寛容に接することができるようになった。いや、諦めがついたと言うほうが近いだろうか。

幼稚学舎受験をするママ友が多い特殊な園環境だからかもしれないが、ネットなどで読む扇情的な記事とそう違わない陰湿ないじめや階級社会が、大人の、しかも子育て中のママ達の間に本当に存在している。保育園を目指すママ達の付き合いは、もっと成熟していて、海斗や真凜のおしりのようにさらさらとしているのではないだろうか。

ネット画面の向こうに理想郷が広がっているような気がして、梨乃は無意識に指先を動かしていた。

〝私も参加希望です。子供二人連れでお願いします（RINO）〟

打ち込んでしまってから、自分が保育園落選者でも何でもないことを思い出し、コメントを取り消そうかと迷ったが、断然、好奇心のほうが勝ってしまっていた。

彼女達は、一体どんなことを話すのだろう。どんな仕事をしている人たちなのだろう。パートナーとどんな風に付き合っているのだろう。

〝RINOさん、ありがとうございます。大歓迎です（どてかぼちゃ）〟

さっそく表示された返信を読み、これからいたずらをする子供のように心臓が速い律動を刻み始める。

そうだ。一日だけの成りすましなら、きっと罪のないいたずらで済む。

進めなかった道を行く自分、なれなかった自分になって、参加するのだ。

私は保育園の共同経営者になったやり手の元・保育士、なりたかったもう一人の私。真凜の保活に失敗して、赤ちゃん同伴で仕事を再開したことにしてしまおうか。うん、いかにも今どきの働く女だ。

梨乃は頰を紅潮させながら、コメントの途絶えないスレッドを見つめつづけた。

第二章　保育園つくりませんか？

☆彩芽

契約、さもなくば、マミートラック。

古びたマンションのとある一室を前に、ぶるりと震えながら自らに言い聞かせる。

二月の半ば、冬が最後の悪あがきをしているような冷える朝だ。仮申し込みをした中でただ一つ連絡をくれた小規模認可外保育ルームに、彩芽は厚手のコートを羽織って契約に訪れた。

昨日、会社の上司から久しぶりに電話があり、着信に飛びつくと、相手は単刀直入に尋ねてきた。

——四月から復帰ってことでいいんだよな。

——ええ、そのことなんですけど、まだ確実じゃなくて。

鬱々とした気分で現状を告げながら、時々、滑舌が極端に悪くなった。これも未《いま》だ悩まされている産後の症状の一つだ。

上司はしばらく電話口の向こうで黙ったあと、思案気な声で告げた。

――北村《きたむら》、俺は戻ってほしいと思ってるが、今回の四月が会社の待てる限界だ。一億総輝き社会なんて政治家の旗振《はたふ》りに付き合うほど会社は暇じゃない。表面だけは繕《つくろ》ったが、うちにワーママが働きやすい環境のかの字もないのはよく知ってるだろう？　真面目《まじめ》にそんな環境をつくるのは利益を追求するという会社の本質と矛盾するから、多分、上はこれからも本気でやらない。株主総会で誰も減益を追及されたくないからな。まあ、上場した会社なんてそんなもんだ。だから、プロジェクトを完遂したきゃ、岩にしがみついてでも四月に戻ってこい。

しかし、しがみつく岩は一体どこにあるのだろう。

この園が私の岩？　申し込んだ中でも、一番気乗りしないところだったのに。

落胆を無理に押さえ込んでチャイムを押すと、しばらく待たされたあとで玄関扉が開き、保育士である中岡《なかおか》に笑顔で迎え入れられた。

「お待たせしました、北村さんね。あ、こちらのスリッパに履き替えてくださる？」

外は晴れて日差しが眩しいほどだったが、北向きの部屋は薄暗く、エアコンのヒーターが効いているせいか空気がかなり乾いている。大分脆くなってきた四十過ぎの肌がすぐに悲鳴を上げるこの空気は、子供たちの鼻や喉の粘膜を弱らせないのだろうか。

案内された部屋を見回すと、隅に二人の子供達が床に布団を敷いて眠っていた。一人は六ヶ月くらいの男の子。もう一人は一歳を超えたあたりの女の子だ。午後一時。二人ともお昼寝の真っ最中なのだろう。

「お昼寝中はね、モーツァルトを流しているのよ。よく眠ってくれるから」

中岡が保育の権威のような顔つきで告げた直後、女の子のほうが空咳《からせき》をしはじめた。しかし中岡は、白髪交じりの髪の毛を耳にかけただけで、子供のほうを見ようともしない。

部屋に清潔感がないわけではないが、敷きつめられたマットには何時《いつ》のものか、何によるものか判然としない汚れが目立ち、オモチャの種類も少ないように見えた。

「さて、と。契約よね。そしたら、説明はまあ読んでいただいたと思うから、こちらにサインと判子をお願いできる？」

「え？　ええ。でも、重要なところは念のため読み合わせしていただけますか？」

中岡はだだっ子を見るような目を彩芽に向けた。

「ごめんなさいね。子供達がお昼寝中でしょう？　あまり声を出すのも、ね？」

「そうですけど」

そちらが契約だから出向いてもらわないと困ると言ってきたんじゃないですか。だったらきちんとしてくださいよ。

とはさすがに嚙みつけず、一旦は黙って頷いた。

サインを書こうとして、今さらながら躊躇する。

けほけほという空咳が再び響いたが、中岡はやはり席を立とうとせず、彩芽の手元を一心に見つめるばかりだ。

本当にいいのだろうか。この人物に、人生で授かることを諦めていた宝物を託すことが、正解なのだろうか。

「どうしたの？　お母さん、時間ないんでしょう？」

この程度の時間のロスに不満を滲ませる人物が、HPにあるように子供たちを〝ゆったりとした生活リズムの中でのびのびと育てる〟ことができるのか、疑問と不安ばかりが募っていく。

「悠宇君はアレルギーなんかはないのよね？」

「ええ、今のところは」

「うちは母乳は受け取っていません。ミルクしかやってないことは知ってるわよね。一度のミルクでどのくらい眠るかしら？」

「今は三時間ほどですけど」

「そう。まあまあ寝てくれるのね」

まるで厄介者を預かるような質問がつづき、苛立《いらだ》ちが募った。以前よりも忍耐力がなくなり、すぐに感情が爆発しそうになる。自分でも、人間の女性というよりは、子を産んだばかりの野生動物のメスなのだと思う。その野生動物としての全感覚、短く言うと母性が、鋭いアラートを響かせはじめた。目の前の女は敵だ、と。

子育てを阻む生き物は、たとえ夫であっても脳に敵としてインプットされる。見ず知らずの女なら、なおさらだ。

彩芽は、握っていたペンを静かにテーブルへと置いた。

中岡が訝《いぶか》るようにこちらを見ている。

「やっぱり契約はしません」

「どうして!? お仕事をつづけたいのでしょう」

「ええ。でも、自分の子に何かあってからでは遅いですし。あの子の咳、気になりませんか」

中岡の頬にさっと赤味が差した。

我ながら嫌な言い方だとも思ったが、子供達を放っておく姿を見ると、どうしても非難がましい口調になってしまう。

「少し風邪気味なだけ。もう薬も飲ませているし、できることは全てやったのよ」

加湿器を稼働させたり、濡れタオルを干したり、他にいくらでも対策が練れそうだし、何よりも傍《そば》にいって安心させてやれる。

「とにかく、お時間をいただきましたが、今回の契約は見送らせていただきます」

「そ、そう。入園金の五万円は返金されませんよ。いいのね？」

「ええ、結構です」

尖《とが》った声で返事をし、バッグをひっつかんで立ち上がる。

中岡も腰を浮かしながら、諭すような口調になった。

「まだ産んだばかりだからわからないかもしれないけどね。そんなに理想通りにはいかないのよ、子育ては。ましてや他人の子を複数人預かるとなればね」

「泣いている子のそばに駆け寄るなんて、新米ママでも出来ますし、複数といっても二人で、しかも二人とも基本的に寝てましたよね」

彩芽の反論に中岡の微笑がかき消え、代わりに陰湿な視線が向けられた。

「現場のことを何も知らないくせに、重箱の隅をつつかないで。あなたみたいなクレーマーの相手だって、保育時間を削るのよ。第一ね、咳の出ている我が子を預けているのは、他でもない、あなた達親のほうなの」

何を言ってるのよ、この人は！

「ちょっとどいてください！」

驚く中岡の脇をすり抜けて、今やはっきりと泣きはじめている女の子を抱き上げ、背中をとんとんと叩いてやった。

「な、何を。保育資格もないくせに！　警察を呼ぶわよ！」

「呼ぶならどうぞご自由に」

そんなトラブルを運営側が好んで招き入れるわけがないことは、産後ボケの頭でも容易に予測がつく。優しく揺すってとんとんを繰り返すうちに、女の子は軽く頭を左右に振り、再び規則正しい呼吸をしはじめた。同じリズムで慎重に揺らしながら布団に寝かせると、そのまますやすやと寝入ったようだ。

「現場のことはわかりませんが、とにかく寝てくれたようです。可愛い子ですね」

中岡は何か言いたげに口を開いたが、一呼吸置いて声の調子を変えた。

「ネットには悪い口コミを書かないわよね？」

やはり、この女は敵だ。

「失礼します」

答えをぼやかすことで、中岡が怖じ気づき、少しでも環境が改善されればいい。

玄関を開けて立ち去り際に振り向くと、中岡の白髪交じりのほつれた髪が外からの風に揺れており、日光に法令線がくっきりと浮かび上がった。

「仕事は楽しいですか？」

中岡がきょとんとする。そんなことは考えたこともないという顔つきだった。年上の部下に同じ質問をした時も同じような表情をしていたことを思い出しながら、彩芽は返事を待たずにドアを出て、マンションを後にした。

歩を進めながら、どんどん気分が荒《すさ》んでいく。

私は今、あの人に八つ当たりをした。保育園に落ちたのは、あの人のせいじゃないのに。

言いたいことを言った後味は、苦みが強く、ただ不快だった。


午後七時、夫の悠也《ゆうや》が仕事を定時で切り上げて帰宅してくれた。食事の終わった悠宇をお風呂に入れ、夫婦二人がかりで寝かしつけたあと、ダイニングテーブルを挟んで向き合う。

「で、これはどういうこと？」

悠也の差し出したスマホの画面には、『保育ルームの先生とケンカ別れ。万事休す』という見覚えのあるメッセージが表示されていた。

「実はね」

彩芽の性格を熟知している悠也はおそらくもう、大方の事情を察しているのだろうが、決して急かさず、淡々とした表情で彩芽の言葉に耳を傾けはじめた。いつもと変わらない夫の態度に、ようやくパニックが収まっていく。

「つまり、悠宇はどこにも預けられないってことだよね」

「この辺で今からじゃ、どの園も難しいと思う」

黙って頷いた黒縁の眼鏡の奥には、彩芽の好きな内省的な瞳が並んでいる。今日も、帰宅後すぐに詰め寄ったりせず、たまっている用事の優先度を判断して動いてくれた冷静さに、かなり救われた。

彩芽が唇を噛むと、悠也も腕組みをして考えこんだ。

「僕も、一ヶ月育休を取っちゃったしなあ。まずは僕の勤務先近くの認可外保育園を探してみる。それがダメなら」

てっきり、もう一年育休を取ってくれと言われるのだと俯いていると、意外なことを告げられた。

「僕が会社を辞めて主夫になるよ」

「へ!?」

「だって、君は今年復帰しないとまずいんでしょう？　僕はこのまま会社にいるとまた出世しちゃいそうだし、次は部長職だろうから今よりさらに面倒だし。まあ、今までより稼ぎは減るけど、多分、一年か二年休んだ後でも、僕は転職可能だと思うんだよね」

今や夫の背中に後光が差してみえる。彩芽は思わず椅子から降りて悠也のもとへ駆け寄り、頬に頬を寄せた。

「ありがとう！」

「だから、礼を言われるほど大きなことを提案してないって。本来、長期の育休は男女平等に取るべきものなのに、ごめん。うちの会社、男で取るやつってほとんどいなくて」

「ううん、ありがとう。悠也がそう言ってくれただけで嬉しいよ」

「言っただけじゃなく、実際にやるつもりなんですけど」

「うん、でも、それはダメだよ。収入云々《うんぬん》じゃなくて、悠也だって仕事のこと、何だかんだで好きでしょう？」

これでも十年以上連れ添った妻だ。悠也が仕事に対してあんな言い方をしたのは、彩芽の気を楽にするための方便がかなりの度合いで混じっていたこともわかっている。

子供を持ちたくて、休み休みだったが、不妊治療を五年以上つづけてきた。だがなかなか結果が出ず、不妊治療を止《や》めて子供のいない人生へと舵《かじ》を切り、新規プロジェクトに打ち込んでいた最中での妊娠。得も言われぬ幸福感と同時に、やはり戸惑いがあった。

冷静に考える間もなく、各方面に話を付け、仕事の引き継ぎに追われ、産休に入ってからの保活、出産、寝る間もない育児。

そして現在のこの状況だ。袋小路に追い詰められた時、彩芽の脳裏にシンプルな疑問が湧いてきた。

「ねえ、どうして子育てをするのに、子育て以外のことがこんなに大変なんだろう」

あれほど政治家達は少子化対策を叫んでいるのに、その対策の効果が彩芽のもとまで波及するのはいつなのだろう。あれほど、会社のパンフレットには女性のキャリアパスの柔軟性を謳っているのに、実際には石のように硬いゲートがいくつも待ち構えている。

子を産んだ彩芽も、今の世の中で貴重な人材であるはずの認可外保育ルームの中岡も、顔を合せた時、決して幸せではなかった。あの時、いつになく腹が立ったのは、二人がお互いを映し合う鏡になったせいではないか。どちらか一人にもう少しでも余裕があれば、もっと平和的に話し合え、今頃彩芽は、悠宇をあの場所に預ける決心をして、悠也と祝杯さえ上げていたかもしれない。

敵だったのは中岡ではなく、この状況だったのではないだろうか。

悠宇のためにミルクを冷ましている夫の背中を見つめながら、彩芽の胸にある一つの考えが兆した。ぱっとその光を摑まえ、よく見つめてみる。

まさか。そんなこと、できるわけない。

一人首を振ってみたが、さらに問いかけてくる自分がいた。

本当に？　やってみる価値はあるんじゃない？

その夜、悠也が寝てから、彩芽は自らが作成したスレッド『#保育園落ちた人この指止まれ』へと再び書き込みをした。

〝明日、よろしくお願いします！　それから、なんと私、認可園だけじゃなく、認可外も全滅しちゃいました。どうして子育て以外のことがこんなに大変なの!?　（どてかぼちゃ）〟

以降、鉄砲水のように、同じ境遇のママ達からのコメントが連なっていく。コメントを眺めながら、先ほど抱いた考えが、勢いよく根を張っていくのがわかった。

＊

翌日、急な企画だったにも拘わらず、カフェバウスの店内に、二十人ほどのママ達が集まった。お互いに初対面同士だったが、それでも保育園に落ちたという共通項が、無言の連帯感を醸している。

彩芽がマイクを手に持って軽く咳払いをすると、ざわめきが一旦おさまった。

「M区在住のママのみなさん、今日はありがとうございます。発案者のどてかぼちゃこと、北村彩芽です。今日は短い間ですが、十八時までの四時間貸し切りです。お互い、保育園が決まらず大変な時ですが、厄落としに盛り上がりましょう！」

わっと拍手したママ達を見て、子供たちも事情がわからないまま手を叩く姿が可愛らしい。

隣の女性が遠慮がちに、しかし芯を感じさせる声で話し掛けてきた。

「あの、彩芽さん。私、娘が保育園に通っているのに呼んでいただいたレミーです。名前、沢村敦子って言います」

「ああ、覚えてます！　今日はありがとうございます」

何か事情がありそうな書き込みをした女性である。

三十代半ばといったところだろうか？　子供を一人産んだとは思えないほど細身で、銀縁の眼鏡にショートヘアがよく似合う理知的な顔立ちをしている。一見して、こういうパートナーがチームにいると心強そうだと感じさせる相手だった。ただ少し、表情に陰りがある。もっとも、明るくなりきれないのは、ここにいる全員に当てはまることかもしれないが。

「お子さんは今日も保育園に？」

「いえ。そこで遊んでいます」

敦子の視線を追うと、クッションシートの敷かれたキッズスペースで、他のママの子供達とソフトブロックを組み立てて遊んでいた。

「北村さんのお子さんは？」

「彩芽って呼んでください。うちの息子は、今日は主人に預けてきちゃいました」

「優しいご主人ですね」

嘆息とともに告げた敦子の左手に何気なく目が行き、指輪がないことに気がついた。

シングルマザーだろうか。

ぱっと視線を外したが、敦子には伝わってしまったようだ。

「あ、うちは、二年前に離婚したんです。全然育児に協力的じゃない人で、他にも色々あって縁を切っちゃいました。シンママ加点もあって、保育園に一応は入れたんですけど」

シンママ加点とは、シングルマザーに付与されるポイントのことで、かなりの高ポイントだ。よほどのことがなければ、どこかしらの認可保育園には入れるという。

「確か気持ち的には不可って書いてくれたの、敦子さんですよね。保育園に問題でも？」

「ええ、ちょっと。だから、こういう場があって嬉しいです。ありがとうございます」

「そんな、お礼なんて。とにかく話して発散するのが会の趣旨だから。思い切り楽しんで帰りましょう」

敦子が控えめに微笑んで去っていったあとも、彩芽のもとには、次々とママ達が訪れた。皆、お名前シールにハンドルネームと本名を併記しており、それぞれの窮状《きゅうじょう》を入れ替わり立ち替わり訴えていく。

「もう最悪で、今年一年育休を延長するしかなくて。やっても意味ないと思ってたけど、何年か前のＳ区みたいに、嘆願書とか出しませんか？」

そう相談してきた女性は、二人目も考えているが、Ｍ区では難しそうだから、保育体制の充実したＳ区への移住も考えているという。

「あ、ぜひやりましょう！　署名ってどれくらい集まればいいのかな。オンライン上での署名集めなら、軽くシステム組んですぐに募集かけられるようにできますよ」

テキパキと申し出てくれた女性も、ＩＴ企業でシステムエンジニアとして働いていたが、今回の保活に挫折して、フリーに転向しようか検討中だという。

「わあ、ぜひシステムお願いします。文章は私やりますから。ああ、湾岸部のインフラ整備なんてもう十分だから、保育園を整備してほしい！」

そう賛同した彼女は、広告代理店でコピーライターをしていたが、たとえ来年以降に保育園を確保できても、復帰後は、母親を対象にした製品の広告戦略にしか関わる事ができないという。

こんなにも能力のある女性たちが、これから一年、働くという選択肢を捨てざるを得ない。復帰できたとしても、マミートラックに乗るしかない。この国の行政は、企業は、こんなにも未成熟なのだと彩芽は改めてやり場のない鬱屈を抱え込んだ。

それは皆も同じのようで、それぞれの話に熱がこもっている。

署名の相談に花が咲きはじめたグループから少し抜け出し、いくつかに別れた輪から輪へと顔を出しているうち、彩芽は、さっきまでテーブルではしゃいでいた少し大きめの子供たちが、いつの間にか視界から消えたことに気がついた。視線を巡らせると、キッズスペースで、子供たちの面倒を一手に引き受けてくれている母親が二人いる。

一人は先ほど声をかけにきてくれた敦子、もう一人はおっとりとした見た目の女性で、今日はまだ話した記憶がなかった。

女性は子供たち相手に絵本を読んでおり、近づいてみると、その声にどこか人を惹《ひ》きつける抑揚《よくよう》があった。子供たちも目を輝かせて、少し大きめの絵本を食い入るように見つめている。

「さあ、このあと竜はどうなっちゃったかな？」

子供たちに問いかける女性のお名前シールには江上梨乃、その下にＲＩＮＯとハンドルネームが記してあった。

「おちちゃった」「しんだー」「ダッシュでにげた！」

子供たちが我先にと答えを言い尽くすと、梨乃はたっぷりと間をとってから次のページを捲《めく》ってみせた。

「この絵本の竜は虹の向こうに飛んで行きました！　仲間を見つけられたと思う人？」

「はあああい」全員が張りきって手を挙げている。まだ絵本の内容がわからない小さな子も、わからないなりに手を叩いて喜んでいた。

「それじゃ次は自由遊びだよ。みんな、したいことしちゃおう！」

言いながら、そばで控えていた敦子といっしょにソフトブロックを取り出したり、絵を描きたがる子供たちに素早くクレヨンとノートを渡す姿はあまりにもこなれており、彩芽は感心しながら見入ってしまった。その視線に、梨乃も気がついて軽く会釈する。

「彩芽さんですよね。ご挨拶もまだですみません」

「りのせんせい、ねえ、あおいクレヨンは？」

「さっき鈴花《りんか》ちゃんが、自分で椅子の下に転がしてたよ」

他人の子の名前まで素早く覚えてしまったらしい梨乃に感動すら覚え、近づいていった。

「すみません、ガス抜きのイベントなのに、子供達の面倒をみさせてしまって。もう、ここは解散してそれぞれのママたちのところに戻るようにしましょうか？」

「いえ、全然。それに私、こうして保育士みたいなことをするほうが癒やしになるんです。あ、私、江上梨乃です。保育士の資格を持ってます。この子たちはうちの子で、海斗と真凜です」

「こんにちは」

海斗と呼ばれた男の子のほうは、年長者らしくきちんと頭を下げて挨拶をしてくれた。真凜のほうはまだ一歳に満たないくらいだが、出始めの言葉をけなげに発して兄の真似《まね》をするのが可愛らしい。

「梨乃さん、さっきから全然何にも口にしてないですよね。私、ここに少し飲み物や食べ物を持ってきますね」

「あ、それじゃ、お店の人に頼みましょう」

彩芽は、立ち上がろうとした敦子を制して店員に声をかけ、キッズスペースまで三人分の飲食物を運んでもらった。子供たちは、よほどさっきの絵本が気に入ったのか、それぞれ夢中になってブロックやお絵かきで竜を再現している。

「こうして道具だけ用意したほうが、子供達が自発的に遊んでくれて、何も教えなくても沢山の発見をしてくれるんです」

おそらく、子供達からも親からも信頼されるいい保育士であることが容易に想像できる横顔だった。

「保育士の資格ってことは、今はどちらかの園でお仕事を？」

「え？ ええ。実は今、現場には出ていなくて。でも、とあるチェーンの保育園が手がける新園を共同経営者として起ち上げることになったんです。保活に失敗してしまったので、今は下の子を連れて仕事してるんですよ」

「保育士さんの子も入れないなんて、世も末ですね」

敦子が顔をしかめる。

「ほんとに酷《ひど》い状況ですよ」

一応、敦子に相づちを打ちながらも、彩芽の心の中には、聖書の有名なフレーズが浮かんでいた。

求めよ、さらば与えられん。

「でも、共同経営者なんてすごいですね。起ち上げるのって、認可ですか？ 認可外ですか？」

「認可外のつもりです。行政が関わると書類仕事に忙殺されてしまうので。もっと子供たちとの関わりを充実させるために、敢えて認可外にしました」

答えた梨乃に、敦子が羨望の眼差しを向ける。

「それじゃ、ほんとに経営側として保育園をつくるんですね。いいなあ、私なんてただの経理部員だし、とても経営になんて関われないから羨ましいです」

さらに求めよ、さらば、さらに与えられん。

保育士（しかも経営者！）だけでもラッキーだったのに、経理までいたとは。

もはや彩芽は、世界が自分を中心に回っている気までしていた。ベテラン保育士に、経理、それに経営者である自分。バンドにたとえればこれは、ボーカル、ギター、それにドラムが揃ったようなものではないだろうか。

昨日の夜から、彩芽の胸の内に芽生えていたもの。それは、理想の保育園がないならつくってしまえばいいという、単純すぎる思いつきだった。しかし、世界を大きく変えるアイデアは、往々にして、単純だと揶揄《やゆ》される類のものだったはずだ。

すぐに考えを口に出しそうになり、彩芽は必死に自制した。いつも事を急いて失敗しがちではないか。もう少し話の流れを読んでから、二人に言い出すべきだ。

しきりに羨ましがる敦子を前に、梨乃が恐縮している。

「保育畑を愚直に歩んできただけで、気がついたら今の位置にいたって感じですし。えっと、彩芽さんのお仕事は？」

「私は不動産会社で街づくりプロジェクトなんてやっていたんだけど、保育園問題を前にしたら、私のキャリアなんてほんとに無力」

「みなさん、すごいんですねえ。社会でそんなに活躍されてて」

ほうっと感心してみせる梨乃に、再び敦子が応じる。

「何を言ってるんですか。私なんて雇われ経理だけど、梨乃さんは経営者なんですよ？子供たちのためになる保育園をつくってください。うちの子を転園させたいくらい」

目を伏せた敦子に、梨乃が真凜をあやしながら尋ねた。

「何か今の保育園で問題でもあるんですか？」

「それが、教育熱心すぎてうちの子に全然合わなくて、どんどん元気がなくなっていっちゃったんです。この間はついに、オプションのお教室に通わせてないから、他の子についていけてないのが原因だって保育士さんが」

「何それひどくないですか？　どこの園です？」

思わず彩芽の膝がずいっと前へ出た。敦子は確か認可園に子供を通わせているはずなのに、お教室を勧められるとはどういうことなのだろう。

「――ワオ・ガーデンです」

「え!?」

少し大きめの声が、高い天井に反響した。ワオ・ガーデンといえば、彩芽が泣く泣く諦めた件《くだん》の人気園ではないか。一方の梨乃は「ああ」と、納得した顔で頷く。

「あそこの園長、もともと花村方式っていう右脳教育で塾を展開していたんですけど、どちらかというと教育より経営に熱心なことで有名で。内輪しか知らないかもですが、保育士にもノルマがあって、オプション契約をさせないと査定に響いたりするらしいんです。だから、気にしないほうがいいですよ」

俯いていた敦子の細い顎《あご》がくいっと上がる。先ほどの落ち込んだ様子とは一転、満面に怒りを湛えていた。

「それじゃ先生は、自分のノルマ達成のためにうちの子を利用しようとしたってことですか!? 嘘でしょ」

敦子の怒りはよく理解できる。先生が聖人だとは思っていないが、子供への愛情がベースにあることを期待するのは親として当然だ。

「転園はできないんですか?」

同情を込めて尋ねたが、敦子はのろのろと首を振った。

「ずっと転園願いを出してるんですけど、まったく空きが出なくて。なかなか難しい状況です」

「ワオ・ガーデンなんて説明会ではすごく好印象だったのに、入園してみないとわからないものですねえ」

しかも敦子はシングルマザーである。絶対に仕事を失うことはできないだろう。淡々と語ってはいたが、身動きが取れず、かなり思い悩んでいることは声の調子から察せられた。

「ほんとに梨乃さんが羨ましいなあ。だって、自分の思うように園をつくり上げられるんですものね。もちろん、経営者なりの苦労はあるでしょうけど。私も、自分で保育園をつくれたらいいのに」

何気なく放ったであろう敦子の声が、彩芽の耳には神からのゴーサインに聞こえた。

「ほんとに、保育園をつくっちゃいませんか」

お腹に力を入れたつもりだったのに、実際の声は掠《かす》れていた。そのせいで、熱に浮かされた子供の譫言《うわごと》のように響く。

「いいですね～、それ」

敦子が、そつのない社交的な笑みをこちらに向けた。完全に彩芽の発言を冗談として受け流そうとしている。多分、それが普通の反応なのだろう。だから、今度は声が掠れないよう、ゆっくりと発話する。

「私、本気です。敦子さんも、梨乃さんも、私といっしょに保育園をつくってみませんか」

さらに熱を帯びた彩芽の声に、敦子の顔からも、聖母のようだった梨乃の顔からも、笑みが失せた。

その日、帰宅するなり、彩芽は悠也の前に正座した。相手はソファでミルクをあげている最中だから、見上げるかっこうになる。

「どうした？」

彩芽のただならぬ様子に、悠也が警戒しつつも、興味を引かれた様子で尋ねてきた。

「あのね、私、保育園をつくってみようと思うんだけど、どう思う？」

一瞬の間があったあと、悠也の素《す》っ頓狂《とんきょう》な返事が部屋に響いた。

「は⁉」

当然の反応だ。彩芽自身も、心の片隅で同じように驚いている。

それでも、いざ言葉に出してしまった後は、なぜもっと早く思いつけなかったのか、そちらのほうが不思議に思えた。

ないものは、つくればいいのだ。

夫婦の合計ポイントが何点か、倍率の低い園はどこか、そんなことにいちいち神経を尖らせなくてもいい。どんなごはんを食べさせているのか、のびのびと楽しんでいるのか、登園中のこどもの様子を心配しなくていい。自分がつくった園ならば。

「もう、それしかないと思うの。他の人にも声をかけているし」

「それしかないって急に言われても」

面食らう悠也をよそに、ミルク瓶から口を離した悠宇が、満足気に寝息をたてはじめた。

◇敦子

『三人で改めて話す日時ですが、今週の土曜日、一時にカフェバウスでいかがですか』

玲美を何とか寝かしつけた夜の九時、そのメッセージは届いた。差し出し人は先月のイベントを主催してくれた彩芽である。

敦子はどう返事をしようものか迷って、結局、一文字も打ち込まないままスマートフォンをテーブルに置いた。

どんなにキャリアのあるママでも、出産後の一定期間は社会から隔離《かくり》され、ホルモンバランスの乱れも手伝って気持ちが不安定になる。

私は社会復帰できるのだろうか。こんなに髪の毛が抜けて平気なのだろうか。こんなに物忘れが酷いのは出産時に軽い脳梗塞でも患ったせいではないか。

様々なステージでの不安がごった煮になってどす黒く変色し、それなのにゆっくりと自分をケアする間もなく、昼も夜もなく自分を求める赤ん坊の世話に忙殺されて煮詰まっていく。

おそらく、彩芽もそのような状態だったのだろう。何しろ、焦点の合わないような危うい目つきをして、「ほんとに、保育園をつくっちゃいませんか」とのたまったのだ。

とっさに話を流そうとしたが、妙な迫力に圧《お》され、「とにかく話を聞くだけでもいいから、今度集まりましょう」という誘いに頷かされてしまった。

変に巻き込まれても困る。どうにか上手い断りを考えなければならないのだが、仕事で疲れ切った頭では、それも億劫《おっくう》だった。寝室へ赴き、少し額に汗をかいてぐっすりと寝入っている玲美の頭を撫でてやる。目の端から微かに涙がにじんでいるのは、寝る直前まで「明日保育園を休みたい」とぐずっていたせいだ。

寝顔を見ながら、ふつふつと園への怒りがこみ上げてくる。

知らなかった。保育士が課せられるノルマのことも、園が過度の金儲けに走っていることも。しかし一番腹が立つのは、それでも玲美をワオ・ガーデンに登園させざるをえない、今の自分だ。

明日が来れば、娘が俯きながらも登園することを敦子は知っている。賢い玲美は、母親が決して欠勤できないことを理解しているのだ。だから、自分の気持ちを殺して登園する。

それでいいわけがないのに、どうにもしてやれない。

出口のないジレンマに囚《とら》われているところへ、再びスマートフォンが鳴動した。梨乃が彩芽に返信したようだ。

『わかりました。うちは土曜日、大丈夫です』

彼女は彩芽の言葉をどう思っただろう。最初はただおっとりと戸惑ったような表情を浮べていたのだが、やがてじわじわと頬を紅潮させていった。まさか、あんな荒唐無稽《こうとうむけい》な話に乗り気なのだろうか。

壁掛け時計の無機質な音が響いている。朝が来れば、明日も仕事だ。

ふいに息苦しさを感じて窓を開けると、満ちかけの月が、住宅街の屋根から上っていくところだった。


翌日、想像した通りの沈んだ表情をした玲美を登園させたあと、後ろ髪を強く引かれたまま出勤した。

トイレへ行くふりをして玲美の様子を動画で見守ると、表情少なに工作を行っている。あんなに何かをつくるのが大好きな子なのに。

溜息を押し殺して個室を出ると、手洗い場で、見たことのある女性といっしょになった。この間、皆川につきまとわれてた子、だよね？

うつむき加減の横顔が、少し思い詰めているように見える。

「あの、もしかして具合でも悪いですか？」

この間は見捨てるようにして逃げてしまったが、何らかのハラスメントを受けたのかもしれない。何より、張り詰めた表情が最近の玲美によく似ていた。

「いえ、大丈夫です」相手は、慌てて首を横に振る。

もしかして、皆川から何か言われました？

尋ねかけて、そこまで踏み込んだら引き返せなくなる気がして黙った。だが、今度は相手のほうが思い切ったように顔を上げる。

「経理の沢村さんですよね？　私、総務の長谷川千佳《ちか》と言います。突然こんなことを言うの、重いかもしれないんですけど、少し相談に乗っていただけないでしょうか」

あどけなさの残る口元が、喘《あえ》ぐように二度、開閉を繰り返した。

「私、もう、どうしたらいいかわからなくて。今日のランチはいかがですか？」

関わりたくない。さっきは自分から声を掛けたくせに、とっさに浮かんだのはそんな声だった。確信はなかったが、十中八九、相談内容は皆川に関することだろう。

「今日は、その、ちょっと」

あからさまに及び腰になった敦子の態度に、長谷川は失望を隠さずに唇を噛む。

「誰も相談に乗ってくれなくて。すみません、話したこともない沢村さんにいきなりこんなことを頼むの、間違ってました。でも、同じシンママ同士だって聞いてたのでつい」

ハンカチで手を拭《ふ》きながら急いできびすを返す相手を、ただ見送ることしかできない。

シンママ同士だったら、わかるでしょう？　自分の家族は、自分で守らなくちゃいけないってこと。

心の中だけで呟く言い訳は、ひどい味がする。

トイレで長谷川と別れたあと自席へと戻ると、うんざりするような皆川の嫌味が室内に響いていた。

「下手にシステムをいじられちゃうと困るんだよ。使いづらくて仕方ないんだよねえ」

苛々《いらいら》とした声をぶつけられているのは、システムやＨＰの更新を担当する眉村だ。

「でも、大抵の方は使い勝手が良くなったとおっしゃってまして」

「大抵の方って誰？　社内の全員に聞いて回ったわけ？　あのさ、この辺のデータとか、もっと簡単に見られるようにしてほしいんだけど、なんでセキュリティチェックが複数になってるのかなあ」

「そこは誰でも閲覧できる場所じゃないですし、僕個人の裁量ではちょっと」

「ったく、できないことばっかりだねえ。大企業のシステムエンジニアだったっていうから、病歴には目をつぶって採用したのに。もしかして、鬱病がまだ完治してないんじゃないの？　いつも暗い顔してさあ」

わざと皆に聞かせるような声。そっと眉村を盗み見ると、俯いて肩を震わせている。

当然だ。個人の病歴なんて、誰にでも知られていい話じゃない。

立ち上がって、皆川の声を遮《さえぎ》ってやれたらどんなにすっきりするだろう。それでも、眉村を助けるものは誰もいない。この部屋の空気に、眉村がゆっくりと絶望していくのがひりひりと伝わってきた。

コンプライアンスも、働き方改革も、社長の甥《おい》がぽんと役職付きでやってくるような小さな会社にまでは波が届かない。第一、大企業なみに国の推奨する働き方を実行していたら、この会社など今月中に潰れてしまうだろう。

眉村君は、明日辞めてしまうかもしれない。さっきのあの子、長谷川はどうするのだろう。皆川に耐えて、何とか通い続けるのだろうか。もちろん、そうするしかない。子供を守りたいのなら。

ヘドロの塊《かたまり》を飲み込んだような気分で、敦子は経理システムを起ち上げた。感情を伴わず、数字をひたすら打ち込んでいく作業に没頭しはじめた頃、デスクに出してあるスマートフォンの着信音が鳴り響いた。

画面を確かめると保育園からだ。胸騒ぎを感じながらスマートフォンを抱えて廊下へ出ると、立ったまま電話に出る。

「もしもし」

『こちらワオ・ガーデンですけれども、沢村敦子さんの携帯でしょうか』

「はい、そうですが。何かありましたか？」

『実は玲美ちゃん、全身に発疹《ほっしん》が出てしまって。少し熱も出ていますしお迎えに来ていただきたいんですが』

「え!?　どんな様子です？　ぐったりしてますか？」

『いえ。ただ、食欲もあまりないようで。あの、何時くらいに来られそうですか？　午後は他の子のお教室も始まってしまいますし、なるべく早く来ていただきたいんですが』

今取りかかっている作業を最短で片付ける算段をはじめながら、あくまでお教室重視のような言い方をする保育園に、敦子の胸はますます冷えていった。

玲美を連れて皮膚科に駆け込んだのが午後三時。自宅からほど近い医院は午後の診療を開始したばかりだが、すでに五人ほどが待合室に待機している。玲美は帽子を目深にかぶり、俯き加減で椅子に大人しく座っていた。

受付を済ませて玲美の隣に戻ってくると、敦子は帽子の下から覗き込むようにして尋ねた。

「大丈夫？　かゆくない？」

「すこしかゆい」

玲美が、パーカーの上から腕を軽く擦《こす》ってみせる。

ワオ・ガーデンまで迎えに行ったのが午後二時半頃。その時には玲美の蕁麻疹《じんましん》はさらに広がっており、ほぼ全身、蚊《か》に刺された時のような腫《は》れに覆われていたのである。多くの乳児が初めて熱を出したあとに発症する突発性蕁麻疹を経験していなければ、パニックを起こしたかもしれないほど痛ましい姿だった。

幸い、月初だったから何とか早退できたが、これが経費の締め切りや給料の計算などで忙しい月末だったらと思うとぞっとする。

埃《ほこり》っぽい風の吹く季節だ。花粉症のような何らかのアレルギーである可能性もあるだろうが、おそらくこの蕁麻疹は心因性のものだろうと、医学の素人である敦子にも想像がついた。まだ体のあちこちに腫れは残っているが、玲美の表情は保育園へ向かう朝よりも皮膚科へ向かう午後のほうがずっと明るい。

「ママ、きょうはもう、ほいくえんにいかなくていいんだよね」

「うん、大丈夫だよ」

さきほどから何度も同じ答えを返しているのだが、それでもまだ確かめる娘を待合室の椅子に座ったまま抱き寄せる。

この子にとっては、園より病院のほうが安らげる場所だなんて。

やがて名前を呼ばれて診察室へ入ると、かかりつけの女医が迎えてくれた。

「あらあら、出ちゃったわねえ。春は心身に疲れの出る子が多いからね」

女医の特に珍しい症状ではないという声の響きに、敦子のほうが涙ぐみそうになってしまう。しかし、心身の疲れという見立てには、やはり聞き逃せないものがあった。

「それとも、何かいつもと違うものを食べた？」

「いえ、特に」

「それじゃ、やっぱり疲れによる蕁麻疹だと思うから、抗アレルギー剤を三日分出しておくわね。少しゆっくり休んで、リラックスできるようにしてあげて。三日経《た》っても治まらないようなら、また来てちょうだい。伝染性ではないから登園してかまわないですよ」

最後の言葉に、玲美がはっと顔を上げた。救いを求めるように、こちらを振り返る。

「午後はお休みをもらったから大丈夫よ」

「あら、そうなの。良かったわね」

女医は鷹揚《おうよう》に微笑み、診察は終わった。

「あしたは、ほいくえんにいくの？」

頷いたあと、ごめんね、とつづけそうになって、敦子は無理に言葉を呑《の》み込んだ。母親が謝るほど酷い場所に送り出されているのだと思えば、玲美はきっとさらに傷つく。

「ね、その代わり、今日はこれから好きなことして遊ぼうか。あ、しろくまカフェにケーキを食べに行っちゃう？」

家の近所にあるしろくまの看板が目印のカフェは、玲美の大のお気に入りだ。ぱっと瞳を輝かせた娘を見て、こんな目をして通える園があったらと願わずにはいられなかった。

病院からの帰り道、二人でカフェに寄り道し、二つのケーキを半分ずつ分け合って食べた。飲み物と合わせて三日分の食費が飛んだのは少し残念だったが、使う時は使うべきだと自分をたしなめる。敦子にとっても、それは久しぶりにのんびりとした母娘《おやこ》の時間だった。もちろん、土日は意識的に水入らずの時間を過ごそうとしているが、平日の穏やかな天気の午後に、玲美と二人で過ごすことなど滅多にない。

寂しい思いをさせているよね。

家に戻り、敦子が二人分の麦茶を入れてリビングに入ると、玲美がソファに横たわったまま静かに寝入っていた。そっとタオルケットをかけてやり、敦子自らはクッションを敷いて床に座る。まだ明るい部屋の中で、ぼんやりと先月の彩芽達との会話を反芻《はんすう》した。

――ほんとに、保育園をつくっちゃいませんか。

そんなことが出来たらどんなにいいか。しかし、一体どうやって？　そもそも、資金はどうするつもりなのだろう。問題はお金だけではない。三人の中で保育園に関する知見があるのは梨乃だけという状況だし、彼女の場合、保育園の共同経営者といっても保育経験に基づいたアイデアを求められる立場であって、決して経営者としての手腕を買われたわけではないだろう。勝手な推測だったが、のんびりとした梨乃の態度を観察していると、そう外れてもいない気がする。

肝心の彩芽は彩芽で、大手不動産会社に勤務しているといっても、会社単位で開発を行うのと、個人として保育園の経営に乗り出すのでは、あまりに畑が違いすぎる。

おそらく彩芽は、万が一失敗しても職があるし、いざとなればパートナーに養ってもらえるからあんな見切り発車ができるのだろう。梨乃も然《しか》りだ。しかし、もしも敦子が事業に参加し、彩芽達と共倒れになった場合、守ってくれる相手は誰もいない。

眠りつづける玲美のおでこに、汗で前髪がはりついていた。少し腫れは引いてきたが、体だけではなく可愛らしい顔にも、蕁麻疹のあとがまだ痛々しい。

そっと髪の毛を撫でてやっている最中にスマートフォンが鳴動した。皆川の社用携帯からだ。無視しようかとも思ったが、嫌悪感を押し殺して電話に出た。

「沢村です」

『皆川だけど、今少し話せる？』

「はい、何かありましたでしょうか」

今、午後半休中で、しかも娘の付き添いで病院から帰ったばかりなんですけど。そう付け加えそうになるのをぐっと堪える。

『実は、今回の突然の早退を受けて少し勤怠管理表を見なおしたんだけどね。多いよねえ、突然の休み』

この切り出しで早くもうんざりとさせられたが、敦子は丁寧に謝罪した。

「申し訳ありません。娘が発熱することも多くて」

『それは僕だって子供がいるからわかるけどさ。いち企業の管理者としては、あまり甘い顔だけもしていられないわけよ』

相手は社外にいるのだろうか。まとわりつくような声の背後から車のクラクションが響く。なぜ、わざわざ社外から電話をかけてよこしたのだろう。用心深い気持ちになり、耳から離し気味にしていた端末を引き寄せた。

『実は今、経理部で正社員を採用しようっていう話があってさ。僕としては沢村さんか、総務部の長谷川さんで迷ってるんだよね』

長谷川千佳。午前中、トイレで相談があると言われたあの子だ。しかし――。

「どうして長谷川さんが？　彼女、総務部ですよね」

皆川が短く鼻で笑ったのが漏れ聞こえた。

『覚悟だよ。ランチをしながら話したんだけどね、彼女、君とは全然覚悟が違うんだ。上司との気軽なはずのランチでも、勉強させてくださいってくらいついてくる態度ね。そういうところ、少しは君も見習ったほうがいいんじゃないかな。このままだと、僕も、君じゃなく彼女を推薦せざるを得ないんだよね』

もはや、何を言われているのか理解できなかった。皆川の言い分は管理者として破綻しているが、そのことを自分では気がついてもいない。経理がやる気でカバーできる仕事なら、簿記の資格などいらないではないか。

こみ上げる無力感に呑み込まれそうになりながらも、敦子は必死に抗《あらが》った。

「経理の勉強については、私もできるだけのことはやっています。社が推奨しているIT研修にも積極的に参加していますし」

『推奨された研修を受けるだけなら、誰でもできるよね。まあ、近いうちに、酒席ででも君の決意を聞かせてよ。言っておくけど、経理部に正社員が一人増えたら、バランス的に誰かが抜けなくちゃいけない、というのは説明しなくてもわかるよね。長谷川さんはかなり積極的だったよ』

スピーカーからミントの匂いのついた息が漏れ出てくる気がして、敦子は無意識に呼吸を止めてやり過ごした。

通話が一方的に切れたあと、暗澹《あんたん》とした気分で窓の外に視線を移す。すでに夕日は向こうの屋根に遮られ、夜が始まろうとしている。

誘いに応じなければ契約更新はなし。要はそういうことなのだろう。

まだまだ経験を積んでからだと思っていた転職活動に、今から手をつけようか。より大手ならば、IT研修だけではなく、会計士や場合によると税理士資格取得へのバックアップ体制を整えている企業もあるかもしれない。

そういった大手企業に就職活動をした新卒の頃は、学歴で足切りにあってしまった。企業側には学歴による選別はしないという建前があったが、状況を見れば足切りがあったことは明らかだった。

玲美には、あの時の自分のような悔しい思いをしてほしくない。

そんな思いでこれまで突っ走ってきたが、果たしてそれは正しかったのだろうか。蕁麻疹が出るほど保育園を拒絶する娘を登園させてまで出勤し、自分はどこを目指しているのだろう。経理のスキルを磨いて転職をし、十分に安心できる収入を得られた頃、玲美はもう蕁麻疹で済まないほどの状況にまで追い詰められているのではないだろうか。

――ほんとに、保育園をつくっちゃいませんか。

もう何度甦ったか知れない彩芽の声が、再び耳の奥でこだまする。

発作的に手の中のスマートフォンを操作し、彩芽と梨乃とでつくったグループチャットのページを開いた。

文字を打とうとする指に震えが走る。

石橋を叩いて壊したことならあるが、今の自分は、人生ではじめて泥の橋を渡ろうとしていないだろうか。

頭の片隅で、訂正の声が入った。泥の橋なら、結婚の時に渡ったではないか。あの時、しかし泥の橋は、永遠の幸せを約束する虹の橋に見えた。今の会社に就職が決まった時も、硬い石の橋に見えた。だとしたら今、泥の橋に見えるこれが虹の橋ではないとどうして言えるだろう。

玲美の寝顔を見つめて指の腹に力を入れ、今度こそチャット画面にメッセージを打ち込んでいく。

『こんにちは。お返事が遅れてしまいすみませんでした。私も大丈夫です。お話、聞かせてもらえませんか』

すぐに彩芽から返信がきた。

『ありがとうございます。絶対にもう一度、お話ししたいと思っていました。資料をつくって持っていきますね』

どっちにしても、今動かなければ、玲美を巻き添えにして溺《おぼ》れる。

このままの状況にいつづけるほうが恐ろしいのだと、敦子は心の芯の部分でようやく理解しはじめていた。

◎梨乃

どうせ実現なんてしないんだもの。このまま保育園ごっこに付き合ったって平気よ。

キッチンに立ち、珍しく早めに戻った晃のために酒の肴《さかな》を用意しながら、梨乃は自分に言い聞かせた。

今度の土曜日、お昼に再び彩芽や敦子達と会うことになったのはつい昨日の夕方のことだ。まったくの冗談だと思っていたあの言葉。

――ほんとに、保育園をつくっちゃいませんか。

発言者である彩芽は、なんと企画書までつくっているという。

晃が、不機嫌な声で問いかけてきた。

「ねえ、つまみはまだ？　空きっ腹に飲むの嫌なんだけど。あとさ、なんか最近、家の中が散らかってない？　外に出てないんだから、せめて家の中のことはやってくれよ」

そんなに散らかっているとは思えないが、晃はダイニングテーブルの上に郵便物が乱れたまま置かれていることに苛立ったらしい。

「ごめんなさい。ちょっと今日は真凛がぐずりがちで」

慌ててめんつゆとオイスターソースで軽く煮しめた牡蠣《かき》、きのこの餡《あん》かけ豆腐をテーブルに運び、追加の皿も用意するためキッチンにとんぼ返りした。キッチンは対面式だが、晃はいつも通り、こちらに背を向けている。グラスのビールを呷《あお》ったあと牡蠣を口に放り入れた晃は、味の感想も言わず、唐突に切り出した。

「ところで今週末、幹生《みきお》の家に三家族で集まろうってことになったんだけど、行けるよな。みんな家族連れだし」

「今週末？　それって土日のどっち？」

「土曜日だけど、何か予定でもあるわけ？」

「土曜日はちょっと、もうお友達と約束していて」

振り返った夫の険《けん》のある表情に、自然と声が尻つぼみになる。

「そんなの、平日の暇な時間にお友達同士で何とか調整してくれよ。俺たちは働いてるんだから、週末しか予定を合わせられないってちょっと考えればわかるだろう？　計算だけはお上手なんだからさ」

「計算って、どういう意味？」

「別に、言葉通りの意味だけど？」

含みのある言い方にもう少し突っ込んだ会話をつづけたかったが、ちょうど真凜のすすり泣きに似た声が聞こえてきた。今のうちにあやさなければ、本格的に大泣きされてしまう。

「ちょっとごめん」

「いいよ、別にこっちは」

晃はすでにニュース画面を見つめている。

「土曜日のことは、都合つけてくれよな」

「――わかった」

念を押されなくてもそのつもりだった。梨乃の意見など、晃にとっては牡蠣を食べたあとに口元を拭《ぬぐ》ったティッシュくらい軽いものなのだから。

子供部屋にそっと入り、泣き出す直前の真凜に添い寝して、とんとんと背中をたたく。

睡眠時間をだいぶ長く取れるようになってきたものの、今のように突然、夜中に泣き出されて驚くこともまだ多い。

母親の気配を感じたのか、幸いにも大泣きに発展せず、真凜は再び穏やかな寝息をたてはじめた。そうっと真凜から距離を取ったあと、布団にくるまったままスマートフォンを取り出して二人に連絡を入れる。

『週末ですが、外せない用事ができて行けなくなってしまいました。本当にすみません』

少しして、彩芽から返事が届く。

『そうなんですね。それじゃ、日曜日か平日の夜にずらしますか？　お二人のご予定は？』

『ごめんなさい、うち、ちょっと日曜日は子供と約束があって。平日の夜はどうですか？』

つづいた敦子からの返事に、思わずうめき声が漏れた。

『ごめんなさい、うちは平日の夜の外出が少し難しくて。夫があまりいい顔をしないので』

晃は、梨乃が夜に出歩くことを極端に嫌う。これまでにも何度も友人達との食事会の話が持ち上がったが、相談する度に「いい身分だな」「誰の金で行くつもりなんだよ」などと嫌味を吐かれて断念してきた。友人達に断りを入れつづけるうちに、やがて誰からも誘われなくなり、すっかり疎遠《そえん》になってしまった相手も多い。

『では、土曜日はまず私と敦子さんが会って、来週末にでも三人で話しましょうか』

『すみません』

返事を打ち込みながら、せっかく手に入りかけた居場所を失うような喪失感に苛《さいな》まれた。

私みたいな女は、あの二人のようなキャリアウーマンの中には入れないってことよね。

かといって、この家も安心できる居場所ではない。いっそ、実家に出戻ろうか。

保育士は今、空前の売り手市場だ。実家なら何とか自活できるくらいの給料は稼げるはずだ。しかし、幸せな結婚生活を送っていると信じて疑わない両親に、今さら心配をかけることがためらわれる。嫉妬混じりに結婚を祝福してくれた姉への意地もあった。

『ぜひ近いうちにお話を聞かせてください』

自分は、何を頼み込んでいるのか。あの二人とこれ以上会いつづけても、自分の首が絞まるだけなのに。かといって、晃の友人達に会ったとしても、間違いなく憂鬱な一日になるだろう。

皆、言葉には出さないが、梨乃を下に見ているのが伝わってくるのだ。

横たわったまま発光する画面を眺めていると、誰にも送信できない短いメッセージが脳裏に浮かんだ。

助けて。助けて。助けて。

意に染まないイベントほど、すぐにやってきてしまうのはなぜだろう。

＊

ウィークデイは矢のように過ぎ去り、目を覚ますと約束の土曜日だった。朝からまだ寝ぼけ気味の海斗を起こし、むずかり通しの真凜を何とか落ち着かせて〝恥ずかしくない〟格好をさせ、自らも〝夫に恥ずかしい思いをさせない〟身繕いをしている間、晃は近隣の洗車場で愛車のベンツGクラスを入念に洗っていたらしい。約束に遅れない時間に車に乗り込んだ時にはすでに疲れ切っていたが、何とか子供達二人の相手をつづける。

「今日は、幹生さんのところに、うちと拓人《たくと》さんご家族が集まるのよね」

「そうだ。あまり余計なこと、しゃべらなくていいから」

幹生は、大学時代に晃が所属していたテニスサークル仲間だ。夫婦で自宅に人を招くのが好きで、M区の広い低層マンションにたびたび友人達を呼んではホームパーティを開いている。幹生の妻の有紗《ありさ》も同じ栄星大学の出身であり、息子の累《るい》も今年栄星大学付属幼稚学舎に合格したばかりだから、晃としては微妙にライバル意識が働くらしい。

もう一組の家族は、やはりテニスサークル仲間で晃とは幼稚学舎から一緒の拓人だ。妻の理央子《りおこ》は帝都《ていと》大学卒の才女で子供が二人。最近、夫婦で弁護士事務所を起ち上げ、大成功を収めている。

彼らの顔を思い浮かべるだけで、気道が塞《ふさ》がる気がした。

「ママ、きょう、るいくんとあそべる？」

無邪気に尋ねてくる海斗に、梨乃は頷いてみせた。

「そうだ。累くんといっしょに遊んで、海斗も栄星の幼稚学舎に受かるんだぞ」

「――うん」

ほんの微かに沈んだ海斗の声に、晃は気がついただろうか。

「あっこちゃんも、はじめちゃんもくるのよ。みんなで仲良く遊ぼうね」

「わかった」

頷いたあと、海斗は、チャイルドシートに静かに座しパズルを解いている。渋滞にもつかまることなく、車はすぐに幹生夫妻の家へと到着した。ゲスト用の駐車場に車を止め、最上階の角部屋へと向かうが、梨乃の足取りは重い。

「やあ、いらっしゃい。お、海斗、また大きくなったなあ」

「いらっしゃい、さ、入って入って」

夫妻の歓迎に、それまで言葉少なだった晃が、ぱっと笑顔になった。

「おっす」

学生時代はこんな潑剌《はつらつ》とした表情をしていたのだろう。いや、出会った頃は、梨乃にも光が差すような笑顔を向けてくれていたのだ。

「おお、累もまた背が伸びたなあ」

「このあいだあったばっかりじゃない？」

「なんだ、言うようになったじゃないか」

父親が、自分に向けるよりもよほど明るい笑いをよその子供に返したのを見て、海斗の顔が瞬時に曇った。すかさず、小さな手をそっと握りしめる。

すでに拓人と理央子夫妻は到着しており、彼らの子供達は、おもちゃを使って夢中で遊び始めていた。海斗も累に手を引かれて、そちらへ合流していく。

車の運転中に寝入ってしまった真凛を抱っこしながら、有紗におもたせを差し出した。

「これ、チーズとおつまみです。お口に合うといいんですけど」

「ありがとう」

笑顔で受け取った有紗は、さっそくお皿に盛りつけて出してくれる。整った顔立ちは、横顔からでも知性と育ちの良さが溢れているように見え、何度会っても近寄りがたい気がした。

「梨乃さん、偉いわね。こんな内輪の集まり、つまらないでしょう？　下の子もまだ小さいのに大変じゃない？」

「いえ、そんな」

「晃には無理させないでって伝えたんだけど、ほんとにごめんね。あ、もしかして真凜ちゃん、そろそろごはん？　離乳食持ってきてる？　あっちは気を遣うだろうから、キッチンカウンターで食べる？」

真凜がぐずり始めたのを見て有紗がいかにも気働きのする様子で、テキパキと子供用の背の高い椅子をキッチンカウンターの前に出してきた。

「もし寝かしつけとかおむつ替えとか授乳とかしたいようなら、そこのドアを開けた部屋が私の部屋だから自由に使って。子供用の布団も敷いてあるし。ついでに一人で息抜きしちゃったら？　わからない話も多いだろうし、ずっと私達といっしょだと疲れちゃうでしょう？　ね？　梨乃さんの分の食事も、カウンターに取り分けてくるね」

「はい、ありがとうございます」

それからは、談笑する晃達とは距離を置いて、一人、真凜に用意してきた離乳食を与えた。もはや誰も梨乃に注意を払っている人間などいないようだ。海斗はほかの子供たちと一緒に、大人達の囲む大テーブルで食事をはじめている。父親の隣に腰掛けて料理を取り分けてもらえることがよほど嬉しかったのか、輝くような笑顔で笑っていた。

離乳食を食べ終えた真凜は、顔を真っ赤にしていきみ始めた。さっそくうんちをしたことがわかり、梨乃はカウンターをさっと片付けたあと、用意された部屋へと逃げ込むように入った。

私の部屋、と有紗が言った部屋は、申し訳程度に作業テーブルが置かれていたものの、窓もなく、実質はウォークインクローゼットだった。おむつ替えをしたあと、閉ざされた空間で小さなソファに腰掛け、響いてくる皆の笑い声だけを聞きながら真凜のおむつを替えていると、惨めさが倍加していく。

——ついでに一人で息抜きしちゃったら?

別に悪意はないのだろうが、受け取りようによっては体よく追い払われたようにも思えた。

有紗は学生時代、学祭のミスコンでも準優勝したほど人気があり、サークル内でも女王のように君臨《くんりん》していたという。既存のグループを自らの王国のように勘違いし、変化を嫌う人間は多いものだ。女の職場である保育園でも、お局《つぼね》による新入り保育士へのいじめは珍しいことではなかった。

たぶん彼女にとって、私は招かれざる客なのだ。それとも今は、自分の惨めさを誰かのせいにしたいだけ?

おむつ替えを終え、真凜を寝かしつけるために授乳してやりながら、暗い物思いに沈む。「まんま」と真凜が柔らかな声で呟いたあと、すうっと寝入ってしまったのを見て、子供用の布団の上に横たえた。

今ごろ敦子と彩芽は、夢の保育園の起ち上げについて夢中で話し込んでいるだろう。もしもあちらに出席していたら、自分も輪の中で活発に意見を交わしていたはずなのだ。しかしそれは、もう一人の自分を偽《いつわ》っているからこそ与えられる席でもある。

結局、どこにも居場所なんてない。

喉元がかっと熱くなり、無邪気に寝息をたてる真凜の顔のすぐそばに、ぽたぽたと滴がこぼれていった。最悪なことに、このタイミングで誰かが扉をノックしている。音の主は、返事も聞かずに扉を押し開けてきた。

「どうしたんだよ、しゃべらなくていいとは言ったけど」

晃が、妻の顔を見て押し黙った。

「何だよそれ」

戸惑う晃の顔にいつもの険はないが、愛情もまた見当たらなかった。扉を閉め、囁き声でこちらを責めだす。

「真凜が寝たんだろ？　早くその顔を何とかしてテーブルに合流してくれよ。それが仕事なんだからさ」

「仕事？　仕事ってどういうこと？」

「君の雇い主は俺で、君が妻としての役割を果たす対価に不自由しないだけの生活費を渡してる。お互い、愛情だの何だのとややこしいことを考えずに、仕事だと割り切ったほうがシンプルだろう」

った。


「何、それ。そんなの、もう」

夫婦として終わっている。涙が、すうっと引っ込んでいった。

今の立場を仕事だなどと、どんな扱いを受けても一度も思ったことはなかった。こんな状況になっても、洗濯に、料理に、まだ残っている愛情を込めてもいた。

だが相手は、もうとっくに梨乃を、割り切った存在と見なしていたのだ。見えづらくなってしまった相手の心の内側にわずかな愛情でも見いだそうとしていたのは、自分だけだった。

すやすやと寝息をたてる真凜を抱いて立ち上がり、どこかぼんやりとした気分で、目の前の相手に告げる。

「帰る。ほんとの予定のほうに参加するから」

正しくは、本当の予定に偽物の自分で参加する、だけれど。

晃の脇をすり抜けようとした瞬間、「待てよ、どういうつもりなんだ」と腕を摑まれかけたが、寝入ったままの真凜を見て向こうが手を引っ込めた。

食事を終えてお友達と遊びはじめていた海斗に「ママは先に帰るけど、パパといる？」と尋ねると「ううん、ママと帰る」とすぐに飛んできた。

追ってきた晃も、その返事を聞いていたらしい。

「仕事を放棄するんだな」

仲間の誰にも聞こえないように、晃が呟いた。

「そんなに体裁が大事なの」

それならば壊してやろうという気持ちが、熱の塊になってこみ上げてくる。

妻は、ただの仕事。

晃の自分に対する認識をはっきりと聞かされた時、夫が誰だかわからなくなるのと同時に、自分でも知らなかった自分が静かに目覚めたのを梨乃は感じていた。

スマートフォンでタクシーを手早く呼び、リビングで談笑している晃の仲間達に向かって告げる。

「ちょっと真凜、お熱があるみたい。私達は早めに失礼しますね」

「え、大丈夫ですか？　真凜ちゃん、かわいそうに」

今日、あまり話していない理央子が近づいてこようとしたが、笑顔で制した。

「ええ、熱がすぐに下がってくれるといいんですけど。もうタクシーを呼んだので外に出ます。さ、海斗、行こう。みなさんにさよならして」

「さよなら」

お行儀良く海斗が頭を下げ、皆、口々にまた来るように声を掛けている。しかし、そんな日はもう来ない可能性が高い。皆には見えないよう難しい顔で立ち尽くしている晃をちらりと確認したあと、マンションを出た。

タクシーを待つ間、敦子や彩芽にメッセージを送信する。

『予定を早めに切り上げてそちらに向かいます。まだ間に合いそうですか』

『もちろんです！　やった、お待ちしてますね』

彩芽からの邪気のない返信に、うらやましさをこえて僻《ひが》みまで湧いてきた。その心の深淵《しんえん》を覗けば、きっと底なしの虚《うろ》が大きく口を開けて待ち構えている。だから、今は見えないふりをした。

自分は、共同経営者まで務めるやり手の保育士だ。

怒りとも居直りともつかない気持ちを抱えたまま、送迎ランプを点灯させて近づいてきたタクシーに手を挙げて合図する。

「ほんとはぼく、もうちょっといたかったな」

「――だったら、パパのところにいけば？」

思いがけない強い言葉が飛び出し、はっと口を手で覆う。滅多に声を荒らげない母親から突き放され、海斗の顔も驚きで固まったあと、見る間に歪《ゆが》んでいった。

「ごめん、ごめんね海斗」

空は青く晴れ、花の香りをのせた気持ちのよい風が吹いていたが、梨乃の世界からは色も匂いも失われていた。

　タクシーの中で海斗をたくさん抱きしめて謝罪を繰り返し、ようやく落ち着かせた頃、自宅マンションの最寄りの駅まで戻ってきた。

　カフェバウスにたどり着いてすぐに、彩芽が店の奥から大きく手を振っている姿が目に入った。敦子もこちらに向けて手を挙げたが、少し表情が硬いようだ。

「あ、玲美ちゃんだ！」

　海斗が、行ってもいい？　と目で訴えたあと、キッズスペースでブロックを組み立てている玲美に駆け寄っていった。梨乃も、すやすやと眠る真凜を抱っこしたまま、彩芽と敦子の待つ席へとゆっくり近づいていく。無力な自分から、やり手の保育士へ仮面を付け替えながら。

「梨乃さん、いらっしゃい！　今日会えるなんて嬉しいなあ。やっぱり三人揃った場で話を聞いてほしかったの。予定、早く終わったんですか？」

「ええ、主人の友達の集まりで。ちょっと退屈だったから早めに切り上げて来ちゃいました。こっちのほうが断然面白そうだし、保育園問題は今すぐ何とかしなくちゃいけない問題ですしね」

「さすが経営者！　わかってくれて嬉しいなあ」

　彩芽は親指を立ててみせると、梨乃にホチキス留めしてある資料を手渡してきた。敦子と目が合うと、相手はややぎこちない笑みを浮かべて尋ねてくる。

「梨乃さん、何飲みます？　お子さん二人連れで移動なんて疲れたでしょう」

「あ、そっか、私ったら気が急いじゃってごめんなさい。ほんと、お疲れ様でした。一息ついてください」

「ありがとうございます。そう言ってもらえるだけで救われます」

夫から一番聞きたかった言葉を、出会って間もない二人から告げられ、一瞬、虚しさに飲み込まれそうになった。外では大抵コーヒーを頼む梨乃だが、まだ興奮状態を上手く鎮められず、敢えてハーブティーを頼む。

「玲美が海斗君と仲良くなってくれて嬉しいです。とっても気が合うみたい」

「ええ、海斗も玲美ちゃんに会えて嬉しそう。実はさっき、余裕がなくて少し八つ当たり気味にキツく言っちゃって」

思わずこぼすと、敦子が大きく頷いた。

「ありますよねえ。うちも、離婚の話し合い真っ最中の時は、玲美に思わず強い口調になっちゃったこともあって。親失格だなって、ほんとに落ち込みました。今も落ち込んでますけどね」

梨乃は、思わず敦子の横顔を凝視した。保育士時代、退社の引き金になったある母親の姿と敦子が重なって見える。

「さて、じゃあ、梨乃さんにも話を聞いてもらおうかな。実は、敦子さんと二人、少し考え込んじゃってたんだよね」

「そうなんですか？」

驚いたふりをしてみせたものの、心の中ではそれはそうだろうと意地の悪い気持ちになった。保育園をつくるなんて、簡単なことではない。現場に出たこともない彩芽だから、簡単に〝つくっちゃおう〟などと思えたのだ。

子供たちが砂でお家をつくるのとはわけが違う。

保育園不足の時代だから、体裁さえ整えれば開園自体はハードルが低い。しかし、仮に開園できたとしても、その後の運営は一体どうするつもりなのだろう。もっとも、実現の見通しなど立たないから、こうして梨乃も高を括《くく》り、身分を偽ってやって来たのだが。

同類でいたいと焦がれる気持ちと、キャリアウーマンに対する無意識の嫉妬を複雑に同居させて、梨乃は彩芽の話のつづきを待った。梨乃のハーブティーが運ばれてくると、彩芽は小さく咳払いをして話し出す。

「私、子供を中心に、街ぐるみのコミュニティが広がるような保育園をつくりたいの」

「コミュニティ？」

てっきり保育園の規模や資金など中身の細かな話をされるのだと思っていたのに、いきなり街やコミュニティという単語が飛び出してきて、梨乃は正直にハテナマークを顔に浮べてしまった。

「ええ。私、不動産のディベロッパーに勤めていたでしょう？　新しい街づくりの開発プロジェクトに関わる度に、いつも心を痛めていたことがあって。M区みたいに、元々工場地帯が広がっていたような場所に大がかりな職住一体型の都市開発が行われる時って、便利で整った近代的な都市景観を生み出すことができる代償に、多様性や、地域のつながりは失われがちなの。実際、この辺りも、地価が上昇していくのと同時に、昔ながらの小さな商店街なんかがどんどん姿を消しているし」

「確かに。整骨院のあった通り一帯がオフィスビルになるって噂を聞いたばかりです」

「え、本当に!?」敦子が少し眉尻を下げた。通りの一角に玲美の大好きな洋菓子店があるのだという。

「どんなに新しくて快適でも、そこに暮らす人達が孤独で寂しい街だったら意味がないでしょう？」

構えずに聞いた彩芽の言葉は、梨乃の胸に深く食い込んだ。そこに暮らす人達、の中の一人は間違いなく梨乃自身だ。

「なんて、偉そうに言ったけど、私、本当には何も理解してなかったの。産休期間に入って、この近代的な街に妊婦として閉じ込もって初めて、その孤独を身をもって知ったってわけ」

妊娠後、産休を取ってしばらくした辺りから、街ぐるみのコミュニティが広がる場がほしい、という構想は、彩芽の頭の中で徐々にはじまっていたという。ただし、場の中心に保育園を据えたいというアイデアが湧いたのは、保活が始まってからのことだった。

熱を込めて、彩芽が敦子と梨乃を交互に見る。

「園児だけじゃなくて、親も無理なく関われて、さらに親だけじゃなくて、ご近所の人も子供を見守れるような場があったらいいと思わない？　もちろん、園児の安全を保った上でよ？　たとえば、商店街にある八百屋やお総菜屋さんって、老若男女が立ち寄るよね。保育園を、そういう感覚の場所にできないかって思ってるの」

「つまり、商店街の保育園ってことですか？」

梨乃の声を聞き、彩芽が顔をぱっと明るくした。

「あ、それ、そのまま名前にしたら面白いかも。『商店街の保育園』、すごくいいよ。さすが梨乃さん」

少し意地の悪い気持ちで彩芽の話を聞いていたのに、頬をほんのり上気させた彩芽から褒められ、居心地が悪くなる。敦子は一度聞いた話だからなのか、無言のまま控えていた。

「もちろん、保育の質そのものも高くしたいと思ってる。ワオ・ガーデンみたいに子供を追い詰めることのない知育を実現させるつもり。地頭になるべく多くの刺激を与えたいと思っている親御さんは多いはずだし、愛情をたっぷり注げるように保育士の人数も多めに確保するつもりよ」

熱心につづける彩芽に対し、初めて敦子が口を開いた。

「さっき、彩芽さんには言ったんですけど。保育園なんて、そんなに簡単につくれるものなんですか？　認可と認可外、どちらの園にするか決めなくちゃだし、資金だって必要だし、場所だって。保育士を多めに確保って言いますけど、今は人材不足でどこも条件競争になっているって言うじゃないですか。梨乃さんは、今の話、どう思いました？」

梨乃が答える前に、彩芽が瞳を輝かせた。

「さすが経理。私が思った通りの人ね、敦子さんって。私、敦子さんみたいな人にこそ、協力してほしいって思ってるの」

一人で盛り上がる彩芽を相手にせず、敦子はさらに真剣な口調でつづける。

「からかわないでください。そりゃ私だって、玲美にとってもっといい園があるなら転園させたいです。でも、明日どうなるかもわからない事業に協力するなんて。大手の正社員である彩芽さんとは立場が違いすぎるんです」

彩芽は言葉に詰まったかに見えたが、すぐにからっと笑ってみせた。

「会社なら辞めちゃった」

一瞬、三人の間に沈黙が降り、代わりに周囲のざわめきがボリュームを増した。

「え？」敦子の顔には、信じられないという驚愕《きょうがく》と、衝動的にしか思えない相手の行動に対する微かな軽蔑さえ感じられた。彩芽にも伝わっていないはずはないのに、やはり笑ったままだ。

「やるならとことん、がモットーだし、同時並行は苦手なの。もちろん、敦子さんや梨乃さんにお仕事を辞めてなんて頼めないけれど、可能な限り、副職として私を手伝ってくれないかしら？　きちんと謝礼も出させていただけたらと思っています」

深々と頭を下げる彩芽に、敦子も我に返った様子で問いかけた。

「ほんとに辞めちゃったんですか!?　すごい大手の正社員だったんですよね？」

「いくら会社が大きくても、マミートラックに押し込められちゃったら窮屈だもの。それと、資金のことなら多少の蓄えもあるし、まあ、いざとなったら銀行から少し借り入れもやむなしかなと」

あっさりと言ってのける彩芽に、梨乃も気がつけば嘆息していた。

「でも、もったいなさすぎじゃないですか。どうして自腹を切ってまで？」

「だから、保育園に入れないんだったら、つくるしかないじゃない。敦子さんだって、玲美ちゃんのことを考えたら転園させたいけど、どこも定員いっぱいでできないのよね。なら、自分でつくっちゃおうって思わない？」

「そんな簡単に言わないでください。だって、そんなの無理じゃないですか」

会社を辞めたせいか、ふっきれたようなエネルギーを放つ彩芽を前にして、敦子の声も尻つぼみになっている。ここぞとばかりに、彩芽が畳みかけた。

「どう？　敦子さんにはあまりデメリットはないと思うの。お仕事も今まで通りでつづけられるわけだし、もしも理想の園ができたら、玲美ちゃんにも優先的に入ってもらえるようにするし」

「優先的に、ですか」

敦子の眼鏡の縁が、にわかに照明を反射した。

「ええ。経営アドバイザーだもの、当然よ。ね、一旦、私の指に止まってみない？　敦子さんみたいな経理のエキスパートの意見が是非ともほしいの」

「エキスパートってほどじゃ。そりゃ、経理上のアドバイスなら何とかできると思いますけど」

ついに、敦子が陥落してしまったらしい。

「梨乃さんはどう？　この計画のこと、どう思った？」

覚悟の定まっている彩芽の視線に摑まった時、梨乃の中から、今の自分が仮そめの姿であるという理性が、なぜかきれいに溶け去ってしまった。代わりに、とっくの昔に置き去りにしたはずの、保育士としての志だけが心の真ん中に浮き上がってくる。

「もちろん。もっと沢山の子供達を笑顔にできるなら、なんでもさせてもらいたいです」

複雑な迷路の向こうに、梨乃は一瞬、小さく光る出口を見ていた。

☆彩芽

二人が協力してくれたら、保育園はもうできたも同然だ。

彩芽は三人で会った一週間後、梨乃を誘って平日の商店街を訪れた。さっそく保育園開設のための物件を探しにきたのである。

もうすぐ四月。保活に成功したママ達は仕事に復帰するのだと思うと、胸にやすりがけでもされたような痛みが走るが、いつまでも落ち込んでいられない。

もう、新しい道へ踏み出したんだもの。

再開発ラッシュのつづくこの地域において、なぜか昭和の街並みが撮影セットのような姿で生き残っている界隈《かいわい》だ。土地の売買の話が出なかったわけはないだろうから、おそらく住人が一致団結して地上げに反発しているのだろうと彩芽は踏んでいた。

人の好《よ》さそうな店主が軒先で立ち働いているこぢんまりとした八百屋、夫婦の掛け合いが楽しい魚屋、ときどき簡単なボタン付けまでして洗濯物を返してくれるクリーニング屋。小さな区画だが、ぬくもりと風情にあふれた通りで、彩芽自身もここを訪れる度にほっと肩の力が抜ける。

「私達、赤ちゃん連れだし、どこからどう見てもただの買い物に来たママよね」

「ええ、でも楽しいです。だって、この商店街のどこかに私達の保育園ができるかもしれないんですよね。あ、ごめんなさい。私達の保育園だなんて」

「ううん、私達の保育園だよ。だって三人で知恵を出し合って形にしていくんだもの。さて、と、不動産屋さんもいいんだけど、激安物件を探すなら、町内会の会長から手を回そうと思うの」

告げた彩芽に、梨乃が小首を傾《かし》げる。無理もない。普通ならば、物件を探している人間は皆、不動産屋へと足を運ぶ。しかし、これまで彩芽が手がけてきた再開発でも、キーになるのは町内会の会長の存在だった。こういった古い町では未だに町内の密な付き合いというものが、シニア層から青年団まで脈々と受け継がれており、彼らを上手く懐柔することができなければ、その再開発は頓挫《とんざ》したも同然なのである。

「この地区の町内会の会長は刀剣店の店主らしいの。三代どころか六代以上つづいている江戸っ子なんですって。イメージだけど、情には厚い気がする」

「はあ。でも何だか、刀剣店なんて怖い気がしますね」

「大丈夫よ、きっと。いい予感がするの」

そんな予感など欠片《かけら》もなかったが、旗振り役が気弱な姿勢を見せるのはどんなプロジェクトでも御法度《ごはっと》だ。彩芽は自信ありげな表情を崩さずに、梨乃をせっついて、あらかじめ調べてあった刀剣店のドアをくぐった。薄暗い店内をぐるりとショーケースが取り巻いており、ガラスの向こうでは、ただならぬ気配を放つ刀剣が数振り、ディスプレイしてある。間接照明が、それぞれの鋭い切っ先を浮かび上がらせていた。

　血を吸ったものも多分あるのよね？　そう思うと少し不気味だ。二人して寄り添いながら刀剣に目を奪われている時だった。

「いらっしゃい」

　あばた顔の店主がぬっと姿を現し、二人して「ひゃっ」と声を上げてしまった。同時に梨乃が彩芽の腕を摑み、母親達の動揺が伝わったのか、それまで静かに寝入っていたはずの二人の赤ん坊までが一斉にぐずり始める。

「なんだ、あんた達。客じゃねえな。刀剣屋なんかに何の用だ？」

　見れば見るほど、恐ろしげな顔の店主である。

「初めまして、失礼ですが、この町内会の」

　彩芽が実際に言葉にできたのはここまでで、あとは赤ん坊達の大合唱が店内に反響し、とても相手と話すどころではない。

「すみません、一旦、子供達が泣き止んでからまた来ます」

　小さく叫ぶようにして告げた彩芽に対し、店主はいっそう恐ろしげな顔をしてみせたあと、同じ人物とは思えないほど甘い声を発した。

「そうでちか。お腹が空いたんでちか」

かと思えば、彩芽と梨乃に視線を投げ、「奥に畳のスペースがあるから、まずはそこで休んでいきな」と、もはや女衒《ぜげん》にしか見えない顔で勧めてくる。

「はあ」彩芽が呆気にとられていると、店主がさらにせき立てた。

「何してるんだ、泣いてるじゃねえか、よちよち、今、ママがごはんくれるからな」

店主とじいじの一人二役で、相手の口はすこぶる忙しそうだ。あれよあれよという間に二人して店の奥の四畳半へと案内され、さらにあんぐりと口を開けることとなった。そこには、ベビーベッドからおそらくミルク用であろうポット、冷水、それにぬいぐるみやオモチャ類までが勢揃いしており、およそ刀剣店には似つかわしくない保育スペースが設けられていたのである。

「うちにもいるんだよ、ちっこいのが。もうすぐ娘が孫といっしょに出勤してくるから会えるかもな。それじゃ、落ち着いたら声をかけてくれ」

「あ、ありがとうございます」

驚いたまま頭を下げた彩芽とは対照的に、梨乃はさすが保育士の早業で、すでに真凜をベッドに横たえておむつを替えている。

「すみません、すぐにベッドを空けますから」

「いいのいいの、うちの子はおむつじゃなくて、多分ミルクでぐずってるから。いい温度に設定してくれているみたいだし、ここのお湯を使わせてもらおうかな」

ひそひそ声で話しているつもりだったが、すぐに店表のほうから返事が飛んできた。

「なんでも好きに使ってくれ」

思わず梨乃と目を合わせ、これは脈ありね、と無言で頷き合う。

子供達はともに満足いったのか、真凜は機嫌よく遊びはじめ、悠宇のほうは再び心地よさそうな寝息をベビーベッドで立て始めている。すると、店主が見計らったように「入っても大丈夫か？」と声を掛けてきた。

「あ、はい、どうぞ」

すぐにふすまが開き、店主が大人用のお茶をお盆に載せて入ってくる。ありがたくちょうだいすると、彩芽の口から安堵《あんど》の息が漏れた。

「もう赤ん坊は落ち着いたみたいだな。さて、あんたら一体、ここに何の用があって来たんだ？　ゆっくり話を聞こうじゃないか」

店主はそう言うと、畳の一端にどかりと腰を下ろした。恐ろしくはない人物だとわかったのか、真凜が果敢《かかん》にも店主の膝へと突進するのをいかにも自然に抱き留めている。よほど孫の相手をし慣れているらしい。

先ほどは余裕がなくて気がつかなかったが、店主はゆったりとした作務衣《さむえ》に身を包み、よく見ればつぶらな黒目に優しさが滲んで見えないこともない。

彩芽は内心でほくそ笑みながら、自分の選択が正しかったことを確信した。

「ご挨拶が遅れて申し訳ありません。私は北村彩芽、こちらは江上梨乃と申します」

「おう、俺は店の名前通り、藤和《とうわ》っていうもんだ」

「先ほどは本当にありがとうございました。そして、話のわかる方だと見込んで、単刀直入に申し上げます。実は私達、この商店街に保育園をつくりたいと思っています。そのための空き物件を探していて、町内会の会長さんに是非お力添えをお願いしたくて、ご挨拶にあがりました」

「保育園!? なんでまたこの商店街に? 確かに駅には近いが、古いし、汚えし、タワーマンション住まいの新人からは取り壊せなんて言われてる区域だぞ?」

「だからこそです」

彩芽はここぞとばかりに身を乗り出し、梨乃や敦子にも力説した『商店街の保育園』への思いを、やや暑苦しいほどの熱意を込めて告げた。

区画整理された真新しくて美しい街並みは、快適さと引き替えに、個性や多様性を殺してしまう側面もあること。地域のコミュニケーションを考えた時に、昔ながらの人情が生きる商店街はぴったりであること。古くて汚い、を、古くて味があるに変えることで、この地域の魅力を牽引《けんいん》する存在になり得ること。

最初は半信半疑だった藤和の顔つきが徐々にほぐれていくのを見て、彩芽は産休に入って以来、初めてプレゼンの手応えを感じていた。しかし、相手から言葉が返ってこない。

「あのう、藤和さん？」

おそるおそる問いかけると、藤和は突然、わっと涙を溢れさせた。

「嬉しいこと言ってくれるじゃないか。ここに来る連中ときたら、やれ土地を売らねえかだの、地上げに協力してくれだの、金儲けしか考えてねえやつらばっかりだ。正直、あんた達も赤ん坊を連れていなかったら、その類だと思って追い返すところだったぜ」

涙で顔が歪んでいるせいで、ますます恐ろしげになった顔をこちらにずいっと近づけてくる。藤和の言葉を会社員だった頃の自分が聞いたら、うなだれるしかなかっただろう。やはり退職という選択は正しかったのだと思う。

「ご賛同いただけて本当に嬉しいです。それで、どうです？　ご協力いただけそうでしょうか」

藤和の勢いは、しかし途端に鈍った。

「全力で何とかしてやりたいが、今日明日でどうだって紹介できる話じゃないんだよな。ここいらも決して土地が余ってるわけじゃない。ただ、空き家が全くないってわけでもないから、少し時間をくれないか」

「もちろん、そうですよね。私達、保育園だけじゃなくて、いずれ地域の交流の中心地も併設したいと思ってるんです。たとえば今、カフェが併設されたコインランドリーが流行《はや》ったりしていますけど、保育園もカフェを併設してママやお年寄りが気軽に立ち寄れる場所にしたり」

「なるほど、カフェなあ。ますますハードルが上がったな」

藤和は、苦笑しながらしばらく顎をさすったあと、「まあ、やっぱり少し時間をもらわないとな」と済まなそうに告げた。

これ以上は、ごり押しできないと判断して、彩芽は潔《いさぎよ》く頭を下げた。

「お力添え、感謝いたします」

「よせよ」顔に似合わない穏やかな眼差《まなざ》しは、彩芽達ではなく、子供達へと注がれている。

まだ物件は目途《めど》もついていないが、彩芽は道が開けたことを直感していた。

◇敦子

予定より早く会社に到着し、経理部のドアに手を掛けようとしたちょうどその時、誰かが敦子の名前を呼んだ。振り返って声の主を確認し、微かにたじろぐ。

「あ、ええと、長谷川さん？」

例の、皆川に言い寄られていたシングルマザーである。立ち尽くす長谷川の張り詰めた表情に気がついて、嫌な予感に襲われた。

「私、どうしても正社員にならなくちゃいけなかったんです。だから」

長谷川の声は掠れている。この間、トイレで会った時よりもさらに切羽詰まった様子を見て、さすがに今回は放っておくことはできなかった。

「落ち着いてください。まだ出社時刻まで間があるので、もし良かったら休憩室でお茶でもしますか？」

しかし、長谷川は首を左右に振るばかりだ。

「とにかく、悪く思わないでください。私も、子供のために必死なんです」

「悪くって、もしかして長谷川さん、皆川さんと何かあったんですか？」

相手がすっと表情を失う。その短い一瞬で、敦子は二人の間に何が起きたのかを悟った。

どくん。心臓が、体から抜けだそうとしてあがくような、嫌な打ち方をする。けほっと軽く咳き込む間に、長谷川が立ち去って行くハイヒールの足下が見えた。

結局、敦子自身が心を落ち着かせる時間がほしくて、一人で休憩スペースに赴き、コーヒーを飲んだ。何とか動悸を鎮めて経理部の自席へと着席したが、すんなりと業務には入れない。

――長谷川さんはかなり積極的だったよ。

皆川が電話をかけてきた時の、まとわりつくような声が甦ってくる。

本当に、長谷川は、皆川の要求を飲んだのだろうか。だとしたら、どこまで？

それに皆川は、本気で彼女を正社員に据えるつもりなのか。事務と言えば聞こえはいいが、長谷川の立場はただの雑用係である。その彼女を経理部に正社員で入れるなど、いくらなんでも会社が許すわけはない。しかし、万が一現実になれば、一人押し出されるのはおそらく自分だろう。こうなったら、社長に直訴すべきだろうか。甥っ子が、個人的かつ行きすぎた好意で、素人を経理部に正社員採用するところだと。

同じシングルマザーである長谷川の不幸を願っている自分の顔が、まだ起動中の黒いPCモニタに映り込んでいる。きゅっと唇を嚙んだ時、背後から声を掛けられた。

「ちょっと会議室へ来られる？」

歌うような声。珍しく機嫌のいい皆川だった。

「出社したばかりだから、作業の途中ってわけじゃないよね」

間が悪くパソコンの起動が完了し、敦子のパスワードを要求している。

「わかりました」

渋々立ち上がり、ゆっくりと歩く皆川の後につづいた。経理部の全員が息を潜めて、こちらの様子をうかがっているのがわかる。同時に、助ける人間は誰もいないであろうこともよくわかった。敦子自身、皆川に目をつけられた誰のことも助けようとはしなかった。システム担当の眉村も、誰からも救いの手が伸べられないまま、結局、先日辞表を出した。

私も同じだ。誰からも救われない。

狭い会議室に皆川と向きあって座るのはもう何度目だろうと思いながら、敦子はいつになく重い椅子を引いて腰掛けた。

「さて、と」

粘り気のある声で皆川が切り出す。

「前々からちょっと話をさせてもらった正社員登用の件なんだけどね。思ったよりも早く結論が出そうなんだよ」

皆川の声はいよいよ粘度を増していく。敦子が何も言わずにいると、皆川は続きをじらすように口を閉じ、嗜虐《しぎゃく》的な笑みを浮かべた。

「やはりね、やる気と将来性を買って、我が社は長谷川さんに経理部へ異動してもらうことに決めたんだよ。沢村さんはほら、キャリアはあるけど、これからの仕事への伸びしろがね。そういうのを総合的に判断させてもらったのと、日頃の勤怠表で、どうしても突然の休みが多いのも社としては問題視されてね」

そんなのはこじつけであることは明白だ。現に、子育て中で敦子より欠勤や早退の多い社員など掃いて捨てるほどいる。

「つまり、次の契約更新はないということですよね」

「申し訳ないね。ま、一番大きかったのはやる気の問題なんだ。何度か沢村さんにもやる気を示してほしいとお願いしたんだが、残念ながら最後までそれが感じられなかった」

万が一、録音されても足が付かないような、それどころかこちらに非があるような言い回しに虫唾《むしず》が走った。だが発言が指し示しているのは、労働時間外も皆川のお酌に付き合わなかった、あるいはそれ以上のことをしなかったというパワハラ、セクハラなのだ。

これで、ジ・エンド。契約解除が決定的になった。契約更新は五月末の予定だったから、失業保険のもらえる間に次の職を探さなければ、玲美を路頭に迷わせてしまう。

本当に、社長に直談判しに行こうか。

その時、皆川が満足げに息を吐いた。ミントの香りが鼻を突き、反射的に息を止める。

私は、ここにいたいんだろうか。直談判までして、この場所に留まりたいんだろうか。

突然、腹の底から嫌だという感情が湧き上がってきた。目の前の男への嫌悪で、もう一秒も対面に座っていられない気分になる。

「お話は承知しました。他にないようならもう失礼します」

「——構わないよ」

皆川が、やや鼻白んだ様子で頷いた。

傲然と椅子を立ち、敦子は会議室を後にした。廊下を歩きながら、玲美がどんなに強く我慢をして、毎日、行きたくない場所へ通っているのか思い知っていた。

皆川に対する怒りと拒絶感が落ち着くと、強烈な自己嫌悪が襲いかかってきた。

どうして、自分はこんな物語しか生きることができないのだろう。なぜいつも、泥の船にばかり乗ってしまうのだろう。しかもそのせいで、玲美が犠牲になっている。

　何とか仕事をこなして終業したものの、家路をたどる敦子の足取りは重い。

　保育園の門をくぐると、いつも通り、真由先生が敦子の姿にいち早く気がついたようだ。玲美を呼ぶ前に、こちらに駆け寄ってくる姿を見て思わず身構えた。

「玲美ちゃんのママ、お帰りなさい」

「ありがとうございました。あの、急いでいるので玲美を」

「いえ、今日はいいお知らせがあって。実は、うちの園と提携しているお教室、来月から一ヶ月、園児に限って無料お試しレッスンを受けられるんです。玲美ちゃんに是非いかがかなと思って。お教室に一つも通っていないの、ほし組さんで玲美ちゃんだけですし、お母さんも考えてあげませんか？」

　敦子も追い詰められているが、息もつかずに喋《しゃべ》る真由先生の表情もまた必死であることに、他の日だったら気がつけたかもしれない。しかし、今日の敦子に、他人を観察したり、まして慮《おもんぱか》ったりする余裕などなかった。代わりに胸の中を占めているのは、これからへの不安と、どこへもぶつけられなかった怒りだ。

　自制する間もなく、言葉が飛び出していった。

「先生、言わないつもりでしたけど。うちはご存知の通りシングルマザーですし、余分なお金もありません。無理にお教室を勧めるよりも、通常保育で十分に子供を導けない現状のよく見つめてもらえませんか？」

　こんな風に毒を吐きたいわけではない、真由先生から玲美への風当たりがきつくなるのも心配だ。それでも敦子の口は止まらない。

「園からノルマがあるんですよね。一体、何人の園児をご自分のノルマのために利用したんです？　これ以上しつこく勧誘するようなら、行政に苦情を入れさせていただきますけど、よろしいですか？」

　真由先生だって所詮、雇われる側だ。自分の意思というより、言わされているのだ。そう思える冷静さは吹き飛び、怒りがさらなる怒りを呼ぶ。

「あの、ノルマのことは」

「沢村玲美ちゃんのお母様、でしたね」

　真由先生が何かを口にしようとしたのを遮って、見覚えのある女性が姿を現した。

「花村園長」

　怯《おび》えたような声を出したのは真由先生のほうだ。一方の花村園長は、一段高い屋内に立ち、敦子をつま先から頭頂まで眺めたのち、落ちつき払った笑みを浮かべた。

「幼児教育に随分と高い志を感じるご意見だと思って感心してうかがってましたのよ。通常保育に問題がないか、早急に会議を開きますわ」

　柔らかいけれど、温みはない。かき氷のようにじわじわと胃の腑《ふ》を冷やす声に、徐々に敦子もクールダウンしていった。

「何か誤解があったようですけれど、もちろん当園の保育士にノルマなどありません。昨今、さまざまな根拠のない噂が流れる時代です。この情報化社会で子育てをなさるなら、情報を精査する目も養わなくてはね。それに、玲美ちゃんのご様子ですけれど、お母様との触れ合いが足りないのではないかと、常々心配していたんですよ」

「触れ合い、ですか？」

していいる。可能な限り、大切な娘との時間を確保しているつもりだ。それでも、親子の時間が足りないと言われて「そんなことはない」と断固として言い返せる親は一体どれくらいいるだろう。自然と、敦子は俯いていた。

「保育園は、働くお母様方を支援するための保育の場ですし、当園はお子さん達にとってベストな環境をご用意できていると自負はしています。それでもお母様の代わりをすることはできないんですよ。お仕事が大切なことも存じ上げていますが、どうか、玲美ちゃんとの時間をもっと丁寧に過ごされてみてはいかがです？」

まったくの正論だ。それなのに敦子が素直に頷けないのは、やはり花村の声に温度が感じられないからだった。この頃、彩芽や梨乃の、保育園に対する熱のこもった想いを耳にしているせいで、よけいにそう感じるのかもしれない。

「もし一日でも保育士を体験してみたら、きっとよくわかりますよ。いかに子供を園に任せっきりで、こちらを責めることしか頭にない親が多いかね」

同情を込めたような言い回しだが、結局、こちらに非があると言いたいだけ。

敦子の気持ちは、いつしか醒《さ》めきっていた。

「だからって、保育園に預けるしかない親から搾取していいことにはなりませんよね」

穏やかさを装っていた花村の表情が一瞬崩れ、癇癪《かんしゃく》を起こす幼児のような怒りが透ける。

ちょうどその時、廊下の奥から歩いてくる玲美の、仕事に疲れた大人のような、萎《しお》れた姿が目に飛び込んできた。

「さ、玲美ちゃん、ママとの時間を沢山楽しんでね。真由先生はちょっとこちらへ」

「はい」

小さな声で応えた真由先生が去っていく背中は明らかに萎縮していたが、どうしても同情することができない。それどころか、まだ怒り足りず、二人にこれまでの恨みに近い感情をぶつけたくなった。

「つくります、これから。ここととは違う保育園を。親と敵対したり親から搾取するんじゃなくて、親や地域といっしょに歩む保育園になる予定です」

花村園長が、歩みを止めて振り返る。吹き出しそうになるのをようやく堪えているらしい。

「気をつけてお帰りになって」

花村園長も真由先生も、そして皆川も、私達から搾取しようとするやつは消えればいい。脇に立った玲美の手をぎゅっと握ったまま、敦子は花村と真由先生の背中を睨《にら》みつづけ、今しがた自分が放った宣言に驚いていた。

◎梨乃

目下、藤和から物件の連絡を待っている最中だが、開園のためにやるべきことは多い。彩芽から保育方針やカリキュラムについての話し合いをしたいと相談があり、梨乃は今日も彩芽と二人でカフェバウスに集っていた。

四月の新学期を迎え、年中さんから年長さんへと進級した海斗は幼稚園にいるから、梨乃は真凜を、彩芽は悠宇をいつものように抱っこしながらの打ち合わせである。

「やっぱり幼児教育に力を入れたいのよね。知育と身体能力の発達、どちらもバランスよく取り入れたいの。リトミック、フラッシュカード、音楽教室にプログラミングにできれば体操も。こういう教育を取り入れてるところって人気だから、とても一発目じゃ入れなくて。でも自分の園なら確実に悠宇を入れてあげられるものね」

意気揚々と語る彩芽を前に、梨乃は溜息をつきたくなるのを何とか抑えた。

「あのう、彩芽さん。水を差すようで申し訳ないんですが、まずはベースのところを話し合ったほうがいいと思うんです。つまり、子供達の育ちをどういう思想で導いていくかっていう」

「育ち？　発育のこと？　それなら、成長曲線の中に身長と体重が収まっていれば、そんなに難しく考えなくてもいいんじゃないの？」

無邪気な彩芽の声に、ついに大きく息を吐き出してしまった。

「いえ、保育用語で言う育ちというのは、身体上の発育だけではなく、運動能力や学習、生活習慣や態度の習得、それに他のお友達との関わり、自制心や我慢強さ、規律を守る力など、社会生活を送る上で必要な多方面での発育を指す言葉です。保育園を探した時、どの園も保育目標というのを掲げていたと思うんですけど」

「なるほど、ねえ。それじゃ、そこを話し合いましょうか」

彩芽が少し面倒そうな顔をしたのが気になった。梨乃が現役で保育士をしている頃、親や同僚達の一部にもよく見た表情だ。子は育つ、というのはその通りだが、保育園で子供を預かるとなれば、明確な方針が必要である。取りあえず預かってもらえて、塾通いをさせる時間もないから知育プログラムや午後の習い事メニューが豊富に組まれていて、安心の食材を使った美味しい給食が食べられる園は、親からのニーズも高いが、次から次へとカリキュラムを与えるだけで、子供たち一人一人の色、つまり個性が置き去りにされてしまう危険もある。おまけに、ブロックを組み合わせるような時間割は、保育士自身からもやりがいや成長の機会を奪ってしまいがちだ。

「子供は遊びや発見の天才です。私はむしろ、子供の発見を見守る時間を長く取ったほうが、真の意味で地頭を育てることになるし、新しい時代に求められる問題発見能力を培うことにもなると思うんです」

　休日、仕事をしていない時間に何をしていいかわからないという大人の何と多いことか。それもこれも、自主性を重んじず、子供達に平準化を求め、カリキュラムを与えるだけの教育をつづけた結果ではないだろうか。

「幼児期に、好きなように遊んで、遊びの中で様々な発見をすることが、大人になってから人生を楽しく生きていく力の基礎になると思うんです」

　梨乃の声に一見頷きながらも、彩芽はどこか腑に落ちない表情をしている。親はいつもこうだ。平日の朝から夕方まで子供達一人一人の成長をつぶさに目の当たりにするのは保育士なのに、その保育士の意見など聞き流してしまう。親は自分だ、親が一番子供のことをわかっている、子供にはこうあってほしい。愛情がねじ曲がって発露した結果、肝心の子供は意思をじわじわと砕かれ、自分を見失っていくのだ。

　現役の保育士時代に抱いていた不満が、久しぶりに胸に去来した。特にあの頃はまだ海斗を産む前だったから、何か保護者に意見をしても「自分の子供を育てたこともないくせに」という無言の反感を肌でびりびりと感じ取ったものだ。一方で、親になってはじめて理解できる苦悩も確かにあったけれど。

「もちろん、人生を楽しく生きていく力は必要だけれど、そのためにはいろいろな刺激を脳に与えたほうがいいんじゃない？　園の方針は確かにどの園にも明記してあったけれど、何だか漠然としていて、それはそうだろう、ということしか書いてないし」

これには梨乃も、つい反発してしまった。

「それは、大人にとって、ということですよね。でも他者に対する思《おも》い遣《や》りの心を持ったり、きちんと挨拶ができたり、年相応の体力を付けることが、子供にとっては決して簡単なことじゃないんです。それをプロフェッショナルとしてどう毎日の保育の中で身につけさせていくか、集団の中でどう個性を伸ばしていけるか、毎日がそれぞれの子供達との真剣勝負なんですよ」

「そうかもしれないけれど。でも、子供達同士で普通に育っていけば自然と社会性は身についていくものだろうし、そんなに神経質に躾《しつけ》を考えなくてもいいんじゃない？」

もう我慢ができない。園長がこの意識では、きっと保育など名ばかりのただの預かりになってしまう。

「彩芽さんは街開発のプロフェッショナルかもしれませんが、保育士としては素人《しろうと》です。少し、保育というものについて勉強していただきたいです」

言い切った梨乃自身が、自らの態度を新鮮に感じた。保育の共同経営者という偽りの自分を演じ始めてから、自分でも知らなかった個性が芽生え始めているようだ。夫に反抗し、仕事のパートナーにもきっちりと言うことは言う、憧れていた自分の姿である。ひそかな興奮を胸に抱いて佇《たたず》む梨乃に、彩芽もまた、キャリアウーマンの顔を見せた。

「確かに素人かもしれないけど、私たちの相手はその素人である親達なのよ。それに、保育と育児の違いって何なの？」

これまで円満だった彩芽との間に、にわかに火花が散る。

「育児は一対一、保育は集団の中での個性の見守りです。そこのところもしっかりと理解してもらわないと」

「自分の域まで上って来いと言って終わりなら簡単だけど、お金を払う保護者達にも同じことを言うつもり？」

彩芽には珍しい棘のある言い方に、梨乃もつんと鼻をそびやかした。

「わかりました。素人にもわかりやすいよう、テキストにまとめてきます」

勢いよく椅子を引きながら、梨乃は、怒りと同時に、保育のアイデアが渦巻くように湧き上がってくるのを感じていた。

第三章　目覚め始める女神達

☆彩芽

今まで見た中で、いちばんいい顔をしていたな。

自宅のソファに背を預けてやや人の悪い笑みを浮べながら、彩芽は、鼻息も荒く席を立った梨乃の表情を思い出していた。

「何、ニヤニヤして。何か面白いことでもあったわけ？」

悠也が、ベビーベッドに眠る悠宇の頭を撫でながら尋ねてきた。

「ま、ちょっとね。梨乃さんのこと、覚えてるよね？」

「ああ、保育士って人でしょ？　何だか摑み所のない感じがするって言ってた」

「そう、その人。保育士さんとして子供達を惹きつける技術は素晴らしいって、キッズスペースでの振る舞いでわかったんだけどさ。今いち、一歩引いてる感じがしてたの」

「で、その梨乃さんと何かあったわけ？」

彩芽はちろっと舌を出してみせた。

「実は彼女に、わざと意地悪しちゃったんだよね」

「どういうこと？」

「だから、どうにか保育士としての熱をもっと引き出せないかと思って、保育士が苛立ったっていう親の意見をネットで調べて、わざと彼女にぶつけてみたの」

悠也が大声で笑うのを、彩芽は慌ててしーっと制した。

「我が妻ながら、酷いことするね。で、彼女の反応は？」

「うん、すっごい怒ってた。でも、いい顔してたよ。梨乃さんって、捉えどころがない、というか、得体が知れないところがあるの。でも、あの時の梨乃さんは、確かに怒ってた」

「得体の知れない相手って、同僚としてどうなの？」

首を捻《ひね》る悠也に、彩芽は口角を軽くつり上げてみせた。

「面白いよ。それに、だからこそ、彼女って子供に好かれるんじゃないかって思う。ほら、子供って、ちょっと不気味だったり不条理だったりする、何だかよくわからない魅力のある絵本を好んだりするでしょう」

「まあ、それを褒め言葉と取るかどうかは、その相手次第だろうけどね」

悠也の声など耳に入らなかったかのように、彩芽がつづける。

「とにかく、彼女の考える理想の園を知りたいの。もちろん、私だって保育目標くらい考えてるんだけどさ」

我ながら得意げな表情をしていることに気がついて、彩芽は照れ笑いをした。悠也が、悠宇によく似た弓形の眉を上げる。

「ほんと、会社を辞めるって言い出した時は、彩芽が保活疲れでとうとう自棄《やけ》になったのかと思ったけど、何だか会社員時代より生き生きしてるよな。羨ましいくらいだよ」

「そうかなあ。無職になったっていう焦りもあるし、眠気と戦ってる時間のほうが多くて、生き生きしてるなんて思えないんだけど」

しかし自らの言葉とは裏腹に、確かにそうかもしれないと納得している自分もいる。

ついこの間まで、寝不足のせいで悠宇が泣いても起きるのが辛《つら》い日々だったのに、保育園づくりが面白すぎて、夢の中でもプランを練っていることがある。以前は、悠宇が寝たら自分も横で寝入っていたのに、今はすっくと起き上がってノートにアイデアを書き連ねている。

「わがまま放題しちゃってごめんね。共働きのつもりで色んな予算のこと考えてたよね。ほんと、ごめん」

悠也が首を左右に振った。

「もう謝りっこなしって、この間言っただろう？　第一、僕は羨ましくして仕方がないわけ。やっぱり彩芽みたいには潔く会社を辞めたりできないしなあ」

自然とうなだれた彩芽に、悠也が笑ってみせる。

「まあでも、見ていて面白いからいいんだよ。僕は彩芽の夢を応援する。でも園経営が軌道に乗ったら、会社、辞めさせてもらおうかな」

この言葉は彩芽に対するエールで、本当は会社を辞める気などさらさらないことはよく知っている。この、絵に描いたような優しくて男らしい相手が自分のパートナーである幸運に、改めて感謝の気持ちが湧いてきた。もっとも、そんな夫の持つ唯一の弱点が、けっこうな重荷になのだが、今のところはその弱点が姿を現す気配はない。

「あ、電話、鳴ってるよ」

悠也に言われてテーブルの上からスマートフォンを取り上げると、相手は例の藤和だった。

「もしもし、北村です。何か物件のことで進展があったんですか？」

藤和のくぐもったような声が聞こえた。よく聴き取れないが、声音からあまりよくない知らせであることが伝わってくる。胸のざわつきをなだめながら、藤和にもう一度繰り返してくれるよう頼んだ。

『いや、まだなんだ。何軒か心当たりに声を掛けてみたんだが、みんな保育園って聞くと二の足を踏んじまってなあ。雑貨屋とか喫茶店ならいいんだろうけどな』

「どうしてです？　他のテナントと何か違いでも？」

僅《わず》かの沈黙のあと、藤和が言いにくそうに告げる。

『あんたもニュースで見たことないか？　保育園ができると騒音やら送迎時の渋滞問題なんかで周辺住民から反対騒動が起きるって。どの大家も、そこんところを懸念しててな』

「そんな。第一、騒音ならこの辺の大通りのトラックのほうがよっぽど問題ですよね」

『そうなんだが、率直に言って、新園起ち上げってことで賃料が滞る心配なんかもあるみたいでな。まあ、もうちょっと俺のほうでも探してみるから、あと少し待ってくれって連絡だよ。俺としても、界隈に新しい風を吹き込みたいんだ。あ、客が来た。一旦切るぞ』

一旦、と言いながらも、その後、藤和から電話がかかってくることはなかった。

ミルクを求めてぐずり始めた悠宇にソファで授乳しながら、天井を見上げる。終始穏やかな梨乃をようやく焚《た》きつけ、いい保育指針が上がってきそうなのに、肝心の保育場所がなくては話にならない。

悠也が肩を叩いて隣に腰かけた。

「まあ、物件なんて最初にぱっと決まる方が珍しいんだからさ」

「そうなんだけど、ね」

退職してまで始める事業に味噌がついたようで、やはり気持ちは落ちてしまう。

会社を辞めるなんて、早まっちゃったかな。

辞表を出した日は、悠也に息子を預け、職場へ一人で出向いた。

東京駅近く、勤務していた会社のエースチームが再開発を手がけた街並みは、江戸時代からの活気と現代の優雅さが見事に融合しており、会社員時代から大好きだったはずなのに、どこか輝きを失ったように見えてしまった。しばらく歩きながら、街が変わったのではなく、街を見る自らの目が変わったのだと自覚した。

昔ながらの街並みが根こそぎ失われ、そこに息づいていた人情の通い合いが感じられなくなってしまった大通り。この街に暮らす子供達は、一体どこで遊び、どこで駆け回り、どこで大人達と触れあうのだろう。

彩芽の暮らす街も、このままでは遠からずそうなってしまう。おそらく、藤和も同じ危機感を共有しているのだろう。

街ぐるみで子供を育てられる環境が、どんどん失われていく。それはこの国にとっても大きな損失のはずなのに、自分の会社は、いや自分は、率先して環境破壊を続けてきたのではないか。孤独な母親をつくり出してきたのではないか。

そう思い到った時、彩芽は自然と辞表を書いていた。

商店街の保育園は、子供を産んでからひそかに育ち続けていた彩芽の新しい夢でもあったのだ。そのことに気がついた時、彩芽は、自分の人生にまったく新しい扉が開く音を確かに聞いた。しかも扉の向こうからは、溢れるような光が漏れてくるようだったのに、現実はそう輝かしく変化していかないらしい。

大きく溜息をつきながらも、悠宇の可愛いらしい虫笑いを見て、彩芽は働く女から母親の顔へと表情を戻していった。

＊

梨乃と打ち合わせの場を設けたのは、喧嘩《けんか》同然で別れてから一週間後、四月半ばになってからのことだ。カフェバウスに到着するのと同時に、挑むように彩芽を待ち受ける姿が目に入り、話を聞く前から背筋をぞくりと這《は》い上がるものがあった。

目は爛々《らんらん》と輝き、プリント用紙の端をぎゅっと掴んでいる様子を見て、梨乃の持ち込んだプランは自分の想像を超えているだろうと期待がどんどん膨らんでいった。

「お忙しい専門家をお待たせしすぎてなきゃいいんだけど」

わざと皮肉な口をきくと、梨乃がむっとしながらも「いいえ、今来たばかりです」とまっすぐにこちらを見返してくる。

「海斗君は幼稚園だろうけど、真凜ちゃんは？」

「今日はシッターさんに預けました。そういう彩芽さんこそ、悠宇君は？」

「主人が今日はリモートワークデイだから、家でみてくれてる」

注文した飲み物が運ばれてくるのも待たずに、梨乃がプリント用紙を手渡してきた。

その表紙にはこう書かれている。

『パパママのどんなライフスタイルも拒まない園』

「これって、どういうこと？」

心の中では密かに「いい！」と快哉《かいさい》を叫びながらも、平静を保って、いやむしろ不服をよそおって尋ねた。梨乃は梨乃で、一歩も引かずに説明をつづける。

「ページを捲ってください。より詳しい説明があります。今のところ彩芽さんは、フルタイムで働く両親をサポートするために、カリキュラムをかちかちに組んだ保育園を開園するイメージでいますよね」

一呼吸置いた梨乃に、彩芽が頷いてみせる。

「でも、この界隈に住んでいるのは、そういう両親ばかりじゃないですよね。せっかく認可外保育園として開園するなら、私はむしろ、もっとアメーバ的に、色々な両親によりそって形を変えられる園のほうがいいと思うんです」

「ふうん、なるほどね。具体的にはどういう形を考えてる？」

自然、梨乃の言葉に熱がこもっていく。

「まず、預かりの種類を月極《つきぎめ》預かりと一時預かりに分けて、一時預かりの時間を三十分単位で選べるようにします。もちろん、こういった認可外の園はすでに存在しますが、ぜひうちに預けたいと言ってもらえる魅力が欲しい。それが、子供達の育ちを見守る保育目標の設定です」

なるほど、ここで例の保育目標とやらが出てくるわけね。

自分がプレゼンの順序をチェックする立場なら、まずはここから話すよう指示するな、などと考えながらも、彩芽は胸を高鳴らせた。

「まず、保育理念です。これは、彩芽さんのアイデアをそのまま言葉にしたものです」

梨乃に促されて一枚めくると、こう書いてあった。

一、地域と連携した子育て、商店街の子供達。私たちは、昔ながらの情緒ある通りに佇む一軒屋で、商店街のみなさんと密に連携した地域ぐるみの子育てを再生します。

二、私たちは保育園を真ん中に据えた地域コミュニティを再生し、孤独な子育ての解消を目指します。

今度は背筋だけではなく、彩芽の全身に震えが走った。

もしかして私、ものすごい拾いものをしたんじゃないかしら。

やはりいい意味で得体の知れない女だと、梨乃を改めて見据える。梨乃は梨乃で、彩芽に挑むような視線を送りながら、さらにつづけた。

「次に保育目標です。これは、どんな子を理想とする園か、ということです」

再び一枚めくると、文字の向こうに園の人格が透けて見える言葉が選択されていた。
一、自分の色、つまり個性を、ためらわずに発揮できる子。
二、課題を自分で発見し、楽しみながら解決していける子。
三、楽しいこと、好きなことを見つけ、熱中できる子。
四、他人の立場を想像し、思いやりを持って手を差し伸べる子。
五、丈夫で健やかな子。
「彩芽さんが取り入れたがっている知育プログラムというのは、あくまでこの保育目標があっての選択になると思うんです」

「なるほど、その通りね。よくわかる」

勢いよく頷いた彩芽に、梨乃が毒気を抜かれたような顔をする。

「あんなに知育プログラムありきという姿勢だったのに、何か反論はないんですか？」

「もちろん、知育プログラムは入れていきたいけれど、それは手段であって目的ではないもの。こんなに素晴らしい指針と目標をつくってくれたら、あとは敦子さん含めて話し合って少し揉《も》んで、どんな体制やプログラム編成がふさわしいか考えればいいんじゃないかしら」

意気込んで伝えたあと、それでもまだ感謝を伝えたくなり、彩芽は付け足した。

「このね、どんなパパやママのライフスタイルも拒まないという文言、聞いただけで涙が出てきそうになっちゃった。何か、そういう園を考えるきっかけとかあったの？」

「それは、ありました」

梨乃の声と表情に、一段と熱がこもったのがわかる。

「保育園に見学にくるママ達って、皆それぞれの事情を抱えているんです。でも、当然ながら、ポイント制からこぼれ落ちてしまったり、行政視点では他の事情より優先されない状況もあります。たとえば、育児に追い詰められて、このまま行ったら虐待《ぎゃくたい》をしてしまいそうな状態だとか、お義母《かあ》さんと同居しているってだけで、育児の協力なんてしてもらえないのに一方的に協力者ありなんて判断をされて減点されてしまったり」

「なるほど、そういうことはありそうよね」

「園見学の時に、そういうご両親から涙ながらに事情を訴えられたことも一度や二度じゃないんです。その度に、入園は行政が決めるので、なんてマニュアル通りの答えしかできないことが歯がゆくて」

ついこの間まで入園申し込みのポイント表と睨み合いをしていた彩芽にも実感としてよくわかる。ポイント的に有利な母親達と同じか、あるいはそれ以上に保育を必要としている彼女達が、入園を勝ち取ることはないだろう。一方で、役所としても、どこかで一元化しなければ、大勢の入園の可否を判断できないというのもわかる。

「だからこそ、認可外のこの園では両親に寄り添ってあげたいんです。実は、以前受け持った子のママが、第二子を産んだばかりで、育児疲れから鬱病になってしまったことがあって。結果的に私のクラスの園児も不安定になってしまったんです。園は本来、子供のためのものであることは大前提ですが、もっと両親のサポートにも重点を置いていたら、防げたかもしれない。あの時の自分の願いを、今なら叶《かな》えられると思っています」

「そう、経験から出た言葉だったわけね。強いね。あ、もしかして共同経営する園も、両親のサポートを意識していたりするの？」

それまで勢いのあった梨乃が、少し俯き加減になる。

「新園は、その、認可なのでどうしてもその辺りのフォローができなくて」

「まあ、チェーンだと、大元の方針があるものね。とにかく、梨乃さんのお話を聞いて、私自身も、そういう園を求めていたんだって気づかされた。勇気を出して梨乃さんに声を掛けて本当に良かったと思ったよ。ありがとうございました」

頭を下げる彩芽に対し、戸惑った梨乃の声が降ってくる。

「やめてください。顔、上げてくださいったら」

彩芽が再び梨乃と向き合うと、梨乃が上目遣いで尋ねてきた。

「もしかしてこの間、私のことをわざと怒らせました？」

「う〜ん、半分イエスで、半分ノーかな。口調は丁寧でも保育の素人のくせにって言われたんだもの、ちょっとカチンと来たのは本当。でも、保育園経営に携わる梨乃さんだったら、能力をもっともっと出せるはずだと思って煽《あお》った部分もあるんだ」

彩芽のこの発言に、梨乃はモナリザのようなとらえどころのない笑みで応えた。

まさに、この謎めいた顔つきだと彩芽は思う。梨乃には海面下の氷山のような部分があるのではないかと感じさせ、子供達や周囲の人間を惹きつけるのだ。

「あ、それと、街ぐるみの保育のことですけど、藤和さんを通してどんどん商店街に声をかけられないでしょうか。たとえばレッスンの一環として八百屋さんで職業体験をしたり、お買い物をさせてもらったり、クリーニング屋さんの作業場を見学させてもらったり。お店の人みんなが、保育園に通っている子の顔を覚えてくれているくらいになれたら、子供達にとっても、とてもいい刺激になると思うんです」

「いいね、それこそ、地域ぐるみの子育ての再生って言えると思う。それと、どんな両親のライフスタイルも応援するっていう意味でいうと、パートタイマーとか、専業主婦でもリフレッシュしたい、なんていう人に気軽に利用してもらいたいよね」

「ええ。でも一時預かりの子も、きちんと保育ファイルをつくって、短い時間なりの保育目標というのも、できれば立てたいと思うんです。たとえば、普段お着替えが苦手な子なら、今日はボタンを一つ掛けられるようになったよ、とか」

「なるほど。ママもそれを聞いたら喜ぶよね」

「はい。普段、幼稚園に行っている子なら幼稚園と、保育園に通っている子なら保育園とも連携を取っておけたら最高ですね。まあ、うるさい園だと少し難しいかもしれませんが」

梨乃と話せば話すほど、彩芽は、子供達だけではなく親達へも意識が引き寄せられていった。自分のように街で孤独に子育てをするママやパパ達が、息抜きをできる場所になれないだろうか。しかも、子供達のすぐそばで。

すると、その思考を読み取ったかのように、梨乃が言葉を継ぐ。

「彩芽さんが言っていた、カフェも併設させたいっていうアイデア、ぜひ実現させたいですね。そこで、育児のワークショップをすることだってできるし、母親同士のちょっとしたサークル活動なんかもできそうだし。何ならリモートワークオフィスもつくっちゃうとか」

「うわあ、それ最高じゃない？」

「はい。幼稚園ママに比べて、保育園ママ達は、ママ友をつくるのが難しいって、連絡帳で嘆いてくるママ達もけっこういたんです。でも、子供達のすぐ脇で働けて、似たような境遇のママ達が同僚みたいにそばにいたら、きっと救われるママ達、多いと思います」

頬を紅潮させて語る梨乃の声を聞きながら、彩芽は、そう遠くないうちに開園されるであろう新園のカフェスペースやワークスペースで、輪になって笑っている子供と親達の姿を鮮明に思い描いていた。

◇敦子

クビを宣言されてから初めて、彩芽や梨乃とともにカフェバウスに集った。

出会った頃はまだ冬の名残があったが、気がつけばすでに四月末だ。最後に二人と会ってからもう一ヶ月ほど経ったことに驚かされる。

「久しぶりねえ。でも、何だかちょっと元気がないみたい。お仕事、忙しかったんだね」

彩芽が気遣ってきた。

「ええ、ちょっと立て込んでしまって」

二人には仕事が忙しくて顔を出せないと伝えつつ就職活動をしていたのだが、芳しい結果は出せていない。

今日は汗ばむほどの陽気で、昼間は五月末並みの気温だったという。果たして来月の今頃、自分は新しい職を見つけられているのだろうか。

一段軽いコートを羽織ってきたが、敦子の気持ちは重く沈んでいる。

「敦子さん、ほんとに顔色が悪いみたい。ちゃんと寝られてますか？」

梨乃も顔を覗き込んできたのに根負けして、ついに二人に白状した。

「実は、今の会社、次の契約は更新しないって言われてしまって。率直に言って、かなりまずい状態なんです」

これからはますます就活で忙しくなる。友人、とまではいかなくても、仲間としてのシンパシーを感じ始めていた二人と、ほぼ会えなくなるかもしれない。そう思うと、自分でも意外なほどの寂しさに包まれ、皆川からのパワハラからセクハラまで、細かな事情を打ち明けてしまっていた。

「そんな、酷すぎる。それ、訴えたら勝てる事案だよ」

「ほんとですね。しかも被害者は一人じゃないんですよね」

「ええ。そんなわけなので、転職先も早々に見つけなくてはいけませんし、今後はあまりこちらに関われないかもしれません」

告げる間も、胸が痛んだ。そもそも、人に対して期待しない性格だった。家庭での母とのぎくしゃくした関係に起因《きいん》しているのか、友人関係も男女関係も淡泊で、玲美が初めての濃密な関係を築いた同性だったと言っても差し支えがないくらいだ。それなのに、なぜ自分は、この二人とつくる輪の中に収まっていたいのだろう。

「だめです。ちょっとの時間でもいいから来て、私達と話をしましょうよ！　今日、会えて本当に良かったです。絶対に孤立しないでくださいね」

梨乃が、少し大げさなほど熱心に告げて敦子の手を取った。梨乃の体温といっしょに、なぜここまでと思うほどの心配が伝わってくる。

　彩芽もテーブルから身を乗り出して、敦子を見据えた。

「私もそうしてほしい。多分、その長谷川さんは、答えを一人で出してしまったんじゃないかな。そんなことで職を得ても、その後が辛いでしょうに」

　彩芽や梨乃の同情するような表情を交互に眺めて、敦子は無意識に胸の辺りを手の平でごしごしとこすっていた。

「どうしました、具合でも悪いですか？」

　慌てて首を振って否定する。

「違うんです。ただちょっと、自分がすごく汚れてる気がして。私、二人みたいに長谷川さんに同情なんてできなかったです。ワオ・ガーデンの園長とも衝突して、毒を吐いてしまったし。本当を言うと、今でも胸がムカムカしてます」

「わあ、いつも冷静な敦子さんが珍しい！　でもそういう敦子さん、すごくいいよ」

「そうですね。クールな敦子さんも素敵だけど、他人からすると内側が見えにくくて寂しいって思うこともありますし」

「そうなんですか!?」

　告げた梨乃自体も、内側が決して見えやすい相手ではないのだが、自分もそうだと指摘されたのは意外だった。

「うん。敦子さんはもっと、理性をぶち破っちゃうべきだよ。なんて、今すぐうちの保育園の専属経理になってと頼めなくてごめんなさい」

頭を下げる彩芽に、敦子は思わず吹き出してしまった。

「お二人と話してたら、何とかなる気がしてきちゃいました」

「そうそう、その意気！　私も伝手《つて》をあたってみるし」

「でも、ワオ・ガーデンの園長と衝突したって、何かあったんですか？」

尋ねる梨乃の表情は思案気だ。

「実は、例の保育士のノルマの件で抗議したら園長も姿を現して。お教室のノルマなんてないって。玲美の元気がないのは、親との時間が足りないせいだと言われてしまって」

「ああ、基本的に自分の非を認めたら損失に直結すると思っているタイプね」

彩芽の言葉は辛辣《しんらつ》だ。

「しかも一日でも保育士を体験したら、いかに親が子を園に任せっきりで園を責めることしか考えていないか、わかるようになるはずだって」

あの時の花村の取り澄ました顔を思い出すと、今でも腹の中が冷え冷えとしてくる。

「あくまで悪いのは親のほうだってことか。なるほどね」

「園長がそこまで言ったとなると、けっこうな激しさで揉めたってことですよね」

梨乃の表情はいつになく真剣だった。

「はい、会社のこともあって、私も今まで抑えていた感情がこみ上げてきてしまって。つい、自分も保育園をつくるんだって、けんか腰で宣言しちゃったんです」

彩芽が声をあげて笑う。

「よく言ったね。玲美ちゃんの姿を間近に見ていたら、会社のことがなくたって言ってやるべきだったと思うよ」

威勢のいい彩芽と違って、梨乃の表情はどんどん難しくなっていく。

「どうしたの？　梨乃さんらしくない顔になってるけど」

不審がる彩芽に、梨乃が重い口を開いた。

「あの園長と揉めたのは、少しまずかったかもしれません。全国の私立保育園が加入している全国保育連合でもけっこう力を持ってますし、厳しい指導で有名なんです」

「そうなの!?　でもうちみたいな小さな認可外保育園とはあまり関わることもないんじゃないの？」

暢気《のんき》な様子の彩芽に、梨乃は暗い目を向けた。

「そうですね、そうなることを願ってますけど、昔の保育士仲間の話では、ライバル園に嫌がらせをしたことは一度や二度じゃないとか」

「そんな漫画みたいな陰険な人、本当にいるの!?　だって、今時、保育士なんて引く手あまただろうし、嫌なら辞めればいいだけでしょう？」

「そこが花村園長の恐さで、一度ブラックリストに入っちゃうと、少なくとも近隣の園には就職できなくなるらしいんです。地域の園長同士のつながりって、多分、皆さんが想像するより綿密なんですよ」

　全保連で影響力のある園長から圧をかけられた場合、他の園長も追随せざるを得ないという。そうなると、希望地域で就職は難しくなり、遠くの園に就職口を求めざるを得なくなる。子育て中の保育士などは、就職そのものを諦めることになると梨乃はつづけた。

「なるほど」

　梨乃に釣られたのか、彩芽まで深刻そうな顔になってしまった。

　一同の間に沈黙が広がった時、やけに軽やかな電子音のスケーターズ・ワルツが鳴り響いた。

「あ、もしもし、藤和さんですか？」

　相手がわかると、彩芽がスマートフォンを耳にぎゅっと当てた。

「え、本当ですか!?　元喫茶店!?　最高じゃないですか。ええ、ええ、え、え」

　威勢の良かった彩芽の声が徐々に小さくなり、ほとんど溜息と変わらなくなっていった。

「あ、いえいえ、とんでもない。もちろん、見学にうかがいます。明日ですよね、はい、大丈夫です。他の二人も予定が合うようなら一緒に。はい、はい、失礼します」

　藤和との会話を終えたあと、彩芽が、唇を引き結んだ。

「もしかして、物件、ついに見つかったんですか？」

尋ねると、彩芽が重く頷く。

「ええ。でもそこ、ワオ・ガーデンに近い、というよりほぼ真向かいにあるみたい」

「真向かい、ですか」

さすがにその後の言葉がつづかない。梨乃が口を開いた。

「そういえば、園の向かい辺り、大きめの喫茶店が潰れたあとはずっと空いてますもんね。何事もなければいいんですが。敦子さん、大丈夫ですか」

「大丈夫、ではないです」

答えた声が、唸《うな》るようになった。

いかにもありそうな花村園長の妨害も心配だが、つねにワオ・ガーデンが目に入る位置に通うなど、自分はまだしも玲美はどう思うだろうか。

子供の心はあまりにも柔らかく、大人のように切り替える術《すべ》を知らない。そのことを、最近の敦子は、おそらくこの中の誰よりも思い知っている。

「選択肢も限られているし、見るだけ見に行ってみない？」

彩芽の誘いに頷く敦子をよそに、キッズスペースで遊んでいる玲美の明るい笑い声が、テーブルまで届いていた。

◎梨乃

敦子達と会った翌日、彩芽達との保育園の計画に胸を躍らせながら、幼稚園のお迎えバスの停留場所に到着した。馴染《なじ》みのママ友、沙耶ちゃんママと碧君ママの二人がすでに来ており、話に花を咲かせていたのだが、沙耶ちゃんママのほうが梨乃の姿に気がつき、はっとしたように碧君ママを促して口を噤《つぐ》む。自分か、あるいは海斗のことが話題に上がっていたのだとわかったが、知らぬふりをして微笑んだ。

「おはよう」

「おはよう。今朝もあったかいね」

ぎこちない様子で沙耶ちゃんママが口角を上げる。碧君ママは小さく手を振ってみせただけだ。やがてお迎えバスがやってきて子供達が登園すると、思い切ったように碧君ママが口を開いた。

「あの、ね、海斗君ママ。お家、大丈夫？」

「ちょっと、碧君ママ」

「だって、友達だもん。できること、あるかもしれないし」

軽く揉める二人を前に、「大丈夫って何のこと？」と首を傾げてみせる。

晃との仲のことならもちろん大丈夫ではないのだが、夫婦関係については二人が知るはずもない。その他のことも細かく話すほど二人とは距離が近くなかった。

「ねえ、どうしたの？　何も心当たりがないんだけど」

「そ、そっか。じゃあ、多分私達の間違いだよ。ね、碧君ママ」

「え〜？　でも、確かだってうちの旦那君が」

碧君ママが口を尖らせる。

「このままだとすっきりしないし、よかったら話してくれない？」

実際は話したくてうずうずしている様子の碧君ママを少しつつくと、案の定、心配をよそおった生き生きとした様子で尋ねてきた。

「あのね、旦那様、もしかして会社をク——退職したんじゃないかって」

あまりに意外な角度からの切り込みに、にわかには反応できなかった。

「退職って、主人なら今朝も出社したけれど」

困惑を隠せないまま答えると、沙耶ちゃんママが碧君ママの肩を軽く叩く。

「ほらあ、だから間違いよって言ったのに」

「なんだ、よかったあ。ほら、海斗君パパのお勤め先って外資だし、けっこうリストラとかも多いところでしょう？　だからてっきり。これからお金がかかるって時にリストラなんて洒落《しゃれ》にならないものね」

「うん、噂が間違いでホッとしちゃった」

二人のママ友の言葉の裏に、「な〜んだ、つまんない」というあからさまな落胆が見え隠れして辟易《へきえき》したが、いつものおっとりした海斗君ママの笑顔で乗り切った。

その後、おかしな噂の謝罪に、とお茶に誘われ、いつもの子供達のお受験や習い事の話に付き合ったのだが、その間、梨乃の胸には薄雲がじわじわと広がっていった。

果たして、沙耶ちゃんママと碧君ママが耳にしたのは、本当に間違った噂だったのだろうか。最近、妙に帰りの早い夫。いつにも増して不機嫌な態度。しかし、もしリストラに遭ったのなら、夫は一体、朝早くに家を出てどこへ行き何をやっているのだろう。

——就職活動？

まさかね、と胸の内で笑いながら、沙耶ちゃんママの愚痴《ぐち》に表面だけの同情を込めて相づちを打つ。夫の顔を思い浮かべようとしたけれど、昨日の夜に見たはずの表情も上手く思い出せなかった。


夕方、敦子の仕事が終わってから、皆で藤和が紹介してくれた物件を内見に訪れた。一番先に到着していたのは敦子で、玲美とともに暗い表情で佇んでいる。うちも似たようなものだろうな、と内心で苦く笑いながら海斗に声を掛けた。

「見て、海斗。玲美ちゃん達だよ」

昨夜、晃の機嫌がひと際悪かったせいか、沈んだ様子だった海斗が、「あ」と顔を輝かせ、玲美に向かって「ヤッホー！」と手を振る。

玲美も、海斗と同じようにパッと晴れた顔になった。

子供は天からの預かりものだ。自分は無条件に愛され祝福されている存在なのだと肯定できるよう、ありったけの愛情を注ぐべきだ。

そう思っていたのに、今の自分は、玲美たち親子の力を借りなければ、息子の表情一つ晴らしてやることができない。もう二度と、追い詰められた母親を見逃すようなことはしないと誓ってもいたのに、敦子達から逆に助けられているのだ。

鬱々としかけた心を無理に奮い立たせ、やり手保育士の顔をつくって横断歩道を渡る。敦子達のもとへ辿《たど》り着いたとき、ちょうど彩芽や藤和も到着した。

「あれ、今日、悠宇君は？」

「今日は主人に早退してもらっちゃった」

夫婦仲の良さが滲む彩芽の声が、少し耳につかえる。

「そうなんですね。ほんとに素敵な旦那様」

自分の声に幼稚園のママ友達と同じ毒が混ざったような気がしてうんざりとしたが、彩芽はただ「そうなんだよお」と無邪気に返してきただけだ。

「さて、お嬢さんがた。さっそくだが見に行ってみるか？」

わかっていたことだが、肝心の物件は、ワオ・ガーデンのちょうど真向かいにあった。広い大通りだからそこまで近接した印象は受けないが、喧嘩を売ったと先方に思われるには十分な近さである。

「どうした、入らないのか？」

藤和に促され、彩芽を先頭にして、喫茶店だった当時の内装がそのまま放置されている店舗跡に足を踏み入れた。１ＬＤＫは、置きっ放しのテーブルや椅子のせいでごちゃついているが、かなり広い。上手く仕切りをすれば、めりはりのついた部屋割りができそうだ。さらに厨房《ちゅうぼう》も店舗だっただけあって充実しており、目処がつけば自前で給食をつくったり、子供たちに調理体験もさせてやれそうだった。内装については、自分達や保護者と子供達、そして商店街の人々でＤＩＹすれば、より地域の、自分達の園という意識が高まってくれるかもしれない。

梨乃の脳内で次々とアイデアが広がっていく。

第一、手作りの園なんて、わくわくするし、子供達にとっては最高の体験になる。どうせなら内装はやりかけのままスタートしてはどうだろう？

元店舗だけに、窓は道路に面して広く取られていた。プライバシーに配慮する必要はあるが、南の空からは日中を通して陽が入るし、その中で、生き生きと遊び回る子供達の姿が目に浮かぶ。ここからは、東京湾に面した広い区立公園にもゆったりとした歩道だけを通って遊びにいけるはずだ。

一人、廃墟《はいきょ》のような店内で目を輝かせる梨乃に、彩芽が声を掛ける。

「梨乃さん、どう思う?」

「ここ、最高だと思います」

「敦子さんは?」

「私は、ちょっとわかりません。中はどうとでもなると思うんですけど、ワオ・ガーデンが真向かいだというのが引っかかって」

「私もそこさえなければ、すごく使いやすそうな物件だと思う。駅にも近くて、いろんな人に気軽に立ち寄ってもらえそうだし。ほんと、問題は目の前のワオ・ガーデンだけね」

顔を見合わせて思わず溜息をついた三人に、藤和が割って入った。

「まあ、無理強いするわけじゃないが、あんた方の背中を押す条件が一つある。ここの賃料は、無料だ」

「え!?」一番に反応したのは、経理の血が騒いだのか敦子だった。次に彩芽が勢いこんで尋ねる。

「一体どうして。あ、もしかして何か理由ありの物件なんですか? 事件とか、自殺があったとか?」

「なるほど、それだったら納得がいきますね。でもそういう場所での保育を嫌う親御さんもいそうです」

　皆の反応に、藤和が少し傷ついたような顔をした。

「ひでえなあ。違うって。ここのオーナー夫婦、年を取ったからって引退したんだけど、元々ここは税金対策の赤字店舗だったんだ。本人達は賃貸アパート経営で悠々自適だよ。そんなわけで、地域の子供達のためになるなら、好きに使ってくれていいそうだ。その代わり、契約はふつうのじゃなく、使用賃借ってのにしてもらうけどな。これは、保育園を止めたら立ち退かなくちゃならないって契約だ」

　もう一度、三人で顔を見合わせる。立地にもっとも渋っていたのは敦子だったが、その瞳にはそろばんが透けて見え、経理の血が感情を抑えこんだのがわかった。


　家路を辿りながら梨乃は、物件が決まりそうだという晴れやかな気持ちが、簡単にはじけて消え去ってしまうのを感じていた。晃は、本当にリストラに遭ったのではないだろうか。この頃の一層の不機嫌は、梨乃が彼の友人達との集まりから突然抜け出したからではなく、職を失ったせいだとしたら？

　暗澹とした気分が、徐々に自分を支配していく。ついさっきまで軽快だった足どりは嘘のように重い。

　どうして自分の心の中にどんな気分を置くのか、それさえも自由に決められないのだろう。

「パパ、今日も早く帰ってきてるのかな」

屋上をLEDライトで輝かせている自宅マンションが視界に入ってきた時、海斗が突然歩みを止め、心細げに尋ねてきた。抱っこ紐の中で寝ている真凜と海斗を、いっしょに抱きしめる。

最近、いつに増して晃の機嫌が悪いことに対し、小さな胸を痛めているのだと思うと、申し訳なさで背中に回す腕に力がこもった。

敷地内に着いて郵便物をチェックし、エレベーターで部屋へと向かう。ポストが空だったから、すでに晃は帰宅しているかもしれない。

玄関の鍵を回して中に入ると、案の定リビングのドアから明かりが漏れている。

最初は週末に限定していた夜の外出を、最近では平日に行っている。週に一日、二日ならまだしも、ほぼ毎日の外出ではさすがに嫌味を超えて叱責《しっせき》されるだろうか。

でも別に、悪いことをしているわけじゃないんだもの。

顎を引き上げ、梨乃はリビングへと入った。海斗がスプリングコートの上から腿《もも》に抱きついている。

「ただいま」

声を掛けたが、晃はもはや何も答えない。

キッチンのオープンカウンターには、念のために用意しておいた晃のための夕食が載ったまま、サランラップに水滴を張りつかせていた。

「パパ？」

海斗が勇気を振り絞った声で話しかけたが、それでも返事はない。

「パパ、ちょっと疲れてるんだって。さ、海斗、真凜といっしょにお着替えしてお風呂に入ろ」

嫌な動悸《どうき》がした。こういう状態を家庭内別居と呼ぶのだろうか。こんな状態がつづいたら、晃の顔だけではなく声さえも思い出せなくなりそうだ。一方で、夫婦の問題をなんのためらいもなく子供達の前にさらけ出す相手の幼稚なやりように腹が立ちもする。

この人は、父親である前に、ねじれた少年なのだ。

子供達の服を脱がせ、お風呂に入って浴槽《よくそう》に浸かる。父親のいない空間に来た途端、海斗が明らかにのびのびと振る舞うようになり、オモチャのアヒルでごっこ遊びを始めた。

真凜を湯船でゆらゆら揺らしてやると、キャッキャと笑う。

夫がいないほうが三人で幸せになれると、胸の中でやけ気味に思う。しかし、自分一人に何ができるだろう。保育士としての職に困ることはないだろうが、子供達二人を満足に育てていけるだろうか。何より、義実家も乗り出してきて、晃のほうにこそ親権があると主張されるかもしれない。親権は基本的に母親に有利だと聞いたことがあるが、義実家や晃の経済力、それにいい弁護士の腕があればどう転ぶかわかったものではない。

子供達と長めに湯船にいたが、体はなかなか温まらなかった。その後、海斗と真凜をなるべく晃の目に触れさせず寝かしつけたあと、梨乃は一人、リビングへと戻った。晃は変わらずソファに腰掛け、入り口に背を向けてビールを飲んでいるようだ。

「子供達、寝たよ」

沈黙。このまま一生、口をきかないつもりだろうか。

「ねえ、晃」

前に回り込むと、今日もしたたか酒に飲まれているらしい夫の暗い視線にぶつかった。

慎重に言葉を選びながら告げる。

「私達の問題のせいで子供達にあたるのはやめない？　せめて海斗には返事をしてあげて」

晃の唇の片端が微かに持ち上がる。

「問題？　俺達の間にどんな問題があると思ってるわけ」

「それは、あるでしょう」

色々と、と付け加えそうになって思いとどまった。今夜は余計なことで相手の神経を刺激しないほうがいい。そっと息を吸い込んだあと、さりげなさを装って尋ねた。

「最近、仕事が落ち着いてるの？　帰りが早いね」

「仕事は順調だよ。ただ、家でやるほうがはかどる内容でね」

的外れな答えが返ってくる。梨乃は仕事が順調かと尋ねたわけではないのに。

やはり夫は職を失ったのではないだろうか。疑念が一段、濃度を増す。

「おまえは随分と帰りが遅いみたいだな。仕事もしてないくせに、どんな案件だ？」

晃の手に収まり損ねた缶が乾いた音をたてて転がり、中身がどくどくとテーブル上に広がっていった。条件反射でキッチンへ急ぎ、布巾を数枚抱えて戻る。手早く片付けていると、突然、夫の気配が間近に迫り、逃げる前に手首を力任せに摑まれた。

「どんな案件だって聞いてるんだよ」

「痛い、離してよ」

晃の指が、手首をさらに締めつけている。こちらを射貫《いぬ》く夫の目に浮かんでいるのが、憎しみや怒りではなく、色濃い悲しみであることに驚かされた。

「一体、どうしたの。ねえ、何かあったの？」

「俺は――」

一瞬、晃の表情が丸裸になり、出会ったばかりの、まだ青臭さの抜けきらなかった頃の相手に戻ったような気がした。しかし、梨乃が知らずに手を伸ばした途端、その表情がかき消える。

「勝手にしろ」

言い捨てると、晃がふらふらと立ち上がった。肩を貸そうとした梨乃を拒絶し、寝室へと向かっていく。その背中を眺めながら、梨乃はそっと決意を固めた。

明日、あの人を尾《つ》けてみよう。

*

翌日、梨乃はいつもより一時間早く、海斗と真凜を連れて家を出た。テーブルには『園の行事で早く出ます』と簡単なメモを残してある。

カフェバウスで待っていると、待ち合わせの女性が現れた。海斗と真凜を連れて尾行はできない。昨夜、大急ぎでベビーシッターのサイトを検索し、安心して任せられそうな相手を見つけたのである。まだ保育科に通う学生ということだった。

「斎藤明莉《さいとうあかり》さんですね。急なお願いを聞いていただきありがとうございます」

「いえ、こちらこそ、ご指名いただいてありがとうございます。海斗君はこのあと園バスにお預けして、真凜ちゃんだけ私がお預りしますね」

明莉は笑みを浮べたまま海斗の視線までしゃがみ「おはよう。今日はよろしくね」と声を掛けた。そのまま立ち上がり、真凜の頭もそっと撫でてくれる。

「よろしくね、真凜ちゃん。今日はたくさん遊ぼうね」

真凜は、優しげな雰囲気の相手を澄んだ目で眺め、にっこりと微笑みを返した。

うん、大丈夫そう。

海斗と真凜をぎゅっと抱きしめて明莉に託したあと、急ぎ足で家のエントランス付近へと戻った。少し離れた場所から出入り口を見張っていると、晃が出てくる。家にいる時とは別人のように颯爽《さっそう》とした足取りで、胸を張り、大股に先を急ぐ。その姿に、若干、肩すかしを食らってしまった。

リストラなんて、やっぱりただの噂だったの？

しかし、ここで尾行を止めるわけにはいかない何かを、梨乃は晃の姿に感じていた。夫のどこに違和感があるのかを考えながら歩くうちに、ああ、堂々としすぎているのだと気がつく。

本来なら、出勤途中の夫は、出社してからのスケジュールや進行途中の案件について思案しているはずだ。まだ二人が夫婦になる前、少し照れくさそうな、そのくせどこか誇らしげな様子で、バーでそう話してくれたことがある。しかし、考えながら歩く人間は、あして前など見ていないし、顔つきももっと険しいのではないだろうか。

ほどなくして地下鉄の駅の入り口に到着した。迷いなく改札階へと続くエスカレーターに身を預けて下りていく夫を、階段で速度を調整しながら追いかけ、改札を通ってホームへとさらに深く潜る。一直線に視界の開けたホームではそうそう近くに立つこともできず、離れて待った上、出発直前に隣の車両に何とかすべり込んだ。

私、探偵になれるかも。

独りごちながら汗を拭う手の平は、いつになく、ぐっしょりと濡れている。

電車は単調な音を響かせて前進と停車を繰り返した。しかし、いくつかの駅を通過したあと、梨乃は「あ」と小さな声をあげた。

尾行に夢中で気がつかなかったが、これは明らかに晃の会社とは反対方向の電車だったのである。連結部分ごしに隣の車両をうかがうと、夫がつまらなそうな顔でつり革の持ち手を摑んでいた。やがて次の駅に停車すると同時に、電車から降りる背中を慌てて追い、やはり距離を取って歩く。

どうしてこんな駅に降りたの？

マンションの最寄り駅から四駅ほど離れたその駅は、改札を出てすぐに区立の大きな公園がある。芝生の気持ちいい広大な敷地を有しており、海斗が歩きはじめたばかりの頃は、週末、家族三人でよく遊びにきたものだ。

そう、あの頃は、義実家からの圧力が原因でたまに喧嘩になることはあっても、ごく仲の良い家族だったはずなのに。

晃が歩くスピードを緩めたのに合わせて、梨乃も歩調をゆっくりにする。もはや確信していた。晃はやはり、リストラに遭ったのだ。

自宅マンションを出て少し離れた公園へと直行し、自販機で缶コーヒーを買い、ベンチに腰掛けて何をするわけでもなくぼんやりとしている。ドラマにでも出てきそうな、リストラに遭い、家族にそのことを言い出せないでいる男の姿そのものだった。

気がつくと、ふらふらと夫の前に歩み出ていた。ぼんやりとしていた夫の瞳が、視界に捉えた対象に気がつき、ぎょっと見開かれる。

「一体、いつからなの？」

しゃがれた声で問いかけると、晃は力なく缶コーヒーをベンチに置いた。

☆彩芽

梨乃が晃と公園で向き合ったちょうど同じ頃、彩芽は自宅で、行政に提出するペーパーを眺めながら、覚悟していたよりもずっと簡単に申請が済むのだと拍子抜けしていた。

「へえ。よっぽど数を増やしたいんだな、行政も」

有休を取ってくれた悠也が、テーブルを覗き込む。

「そうなの。入園を申し込む時より、保育園をつくる時の書類のほうが簡単って、一体どういうことなの？」

もちろん、行政の補助金が投入される認可保育園ともなれば、書類も複雑化するのだろうが、こと認可外保育園に関してはごくシンプルだし、開業後一ヶ月以内に届け出をすればよいという。

「それで、どのくらいの規模にするつもりなんだ？」

「そこなのよねえ」

次に三人で集まる時に相談することになっているのだが、自分でもなるべく算段をつけておきたい。ただ、商店街の保育園という元々のコンセプトを考えた場合、大人数のイメージは湧かなかった。第一、建物にそのキャパがない。

クラスの垣根を越えて、先生達が園児の名前はもちろんキャラクターまで把握し、フォローしあえるアットホームな園がいい。できれば商店街の人々や、園の理念に共感してくれそうな父兄を巻き込んで、自分達で内装を考えたり、できるところはＤＩＹできないかとも考えている。これは梨乃が出したアイデアだが、商店街の保育園と呼ぶのにふさわしい試みに思えるし、何より予算の節約にもなりそうである。

「いつから開業するつもり？」

「う～ん、なるべく早くだけど、どんなに急いでも夏かな。規模は、色々考えると、二十人くらい。でも、一時預かりの枠は用意しておきたいから、定期預かりの子が十五人に一時預かりの子が最大で五人くらい、という感じにしたいんだけど」

「定期預かりの子には、悠宇も入ってるわけ？」

「うん、悠宇とおそらく敦子さんのところの玲美ちゃんは通うことになると思う。梨乃さんのところはどうかな。今の幼稚園か、もしかしてパートナー経営している保育園に預かってもらうことを考えているかも」

悠宇も寝入っていることだし、少し夫とゆっくりしていたかったが、あまりにも雑事が多すぎる。悠宇はパパに任せることにして、彩芽は気分転換も兼ねてカフェバウスで諸々の計画を整理することにした。モバイルPCを通勤バッグに入れ、久しぶりにパンツスーツに身を通してみる。

「やば、ウェストがちょっと、というか大分溢れちゃう」

体型の変化がこんなにも著しかったことに、不覚にも気がつかずにいた。悠宇をゆったりと養っていた十ヶ月の間にお腹の皮が伸びきっていたのである。彩芽の情けない声に、悠也は「可愛いおなかじゃん」と励ますように言ってくれるが、ショックは抜けきらない。

クローゼットの中から、ワンピースを引っ張り出しておそるおそる袖を通すと今度は何とか体型をカバーできそうだった。

久しぶりにきっちりとメイクをし、ヘアスタイルを整え（髪がごっそり抜けた後の生え替わりの最中だから、前髪がつんつんに立ってしまうのは諦めた）、バッグを肩に掛けるとなぜかじんわりと涙がにじんでくる。

「ねえ、私、これから出勤するんだよ。しかも、すっごくやりたいことのために」

子供のようにはしゃいで告げると、悠也が目を細める。

「はいはい。思いっきり遊んでおいで」

「行って来ます！」

弾むようにマンションの外へ飛び出し、カフェバウスまで歩く。歩道を闊歩《かっぽ》しながら、これまでずっとミルク色に霞《かす》むようだった思考が、いつの間にか晴れつつあることに気がついた。

自分はようやく、〝産後〟から抜けつつあるのだろうか。

四月の終わりの空は青く、ごくほっそりとした美しい月が昇っていく様子が微かに見えた。〝産後〟を抜け出した自分と重なり、空に向かって大きく伸びをする。陽光が街に優しく降り注ぎ、この先には祝福しか待っていない気がして、飛びはねたくなる。

カフェバウスに足を踏み入れると、自然に「おはようございます」と店員に挨拶していた。出勤時のような、晴れやかな声だった。


夕方、就活の合間を縫って合流してくれた敦子と二人、彩芽は保育園の規模や予算の割り振りについて、膝を突き合わせて話している。梨乃は、少しパートナーとトラブルがあったとのことで、今夜は遅れるかもしれないと連絡があった。

考えてみれば、朝日が眩しかった時間から夕日が沈みきった今の今まで、彩芽はずっとカフェバウスに詰めている。

「いつもありがとうございます」

　午前中も水を替えにきてくれたスタッフは今ではすっかり顔馴染みになった女性で、このカフェの店長、一花《いちか》だ。彼女は、彩芽達が保育園の開園を目指していることを知ると、水と一緒に軽食までサービスしてくれた。

「頑張ってください。私も保活では苦労したのでよくわかります」

　という声まで掛けてくれ、自然と打ち合わせにも熱がこもる。

「必要な保育士は、ゼロ歳児の場合、三人の子に対して、保育士一人。一、二歳で六人に一人、三歳で二十人に一人、四歳以上は三十人に一人、なのよね。たとえば最初は全年齢三名ずつ募集して、残り五人までの枠を一時預かりのために確保しておくっていうのはどうかな」

　彩芽の提案に、敦子は難しい顔をした。

「確かに募集の段階から年齢によって人数制限を設けるのが現実的だとは思うんですけど、全年齢が同等な数というのは難しいかもしれません。たとえばゼロ歳は七名、二、三歳児は各三名、四歳児以上は二名という感じで、上の年齢の募集は少なめにしたほうがいいんじゃないでしょうか」

「どうして？」意図がわからずに尋ね返す。

「上の年齢になると、認可保育園に入れる子が増えてきますから。おそらく四歳以上の枠に関しては、転勤で急にこちらに来ることになったとか、四歳から認可園に入れたのはいいけど子供に合わなくて退園したいとか、そういう子の受け皿になると思うんです」

敦子の説明に頷きながらも、彩芽は微かな失望を味わった。せっかく地域とのつながりを意識した園なのに、それでは、間に合わせとして取りあえず通う園という意味合いが強くなってしまう。

正直に打ち明けると、敦子は「う～ん」と唸った。

「理想も大事ですが、個人が初めて起ち上げる園としては、やはり現実も見ていかないと」

敦子の口調に微かな苛立ちを感じ取って、彩芽は店内の壁掛け時計に目を遣った。気がつけばもう七時を回ろうとしている。敦子は新しい職探しの最中だし、家に帰ったら玲美の明日の準備があることを思い出し、彩芽は頭を下げた。

「ごめんなさい。もうこんな時間だし、一旦、解散しようか。次は梨乃さんも来られる日に意見をもらうことにして」

彩芽の提案に、敦子も表情を和らげる。

「すみません、つい言い過ぎました」

「ううん、いいの。はっきりとした意見が欲しくて敦子さんに声を掛けたんだし。それにしても、梨乃さん、大丈夫かな。旦那さんとトラブルになったっぽいよね？」

夕方になってすぐ『夫と話し合わなくちゃいけないことがあって、少し遅れるかもしれません』とメッセージが届いたのである。

「最初の頃、平日の夜の外出をご主人があまり喜ばないって言ってましたしね」

「うん、そんなことも言ってた」

おそらく全く協力的ではない夫をパートナーに持ちながら仕事をこなし、二児の母としても頑張っている梨乃にとって、このプロジェクトに参加すること自体がかなりの負担になっているのかもしれない。それなのに自分は、相手の立場も考えず、煽って企画書を書かせたりしたのだ。

「深刻なことになってなければいいのですが」

敦子が思案気に呟いたその時、「ごめんなさい」と、おっとり告げる声が響いた。驚いて振り返った先には、確かに海斗と真凜を連れた梨乃が立っている。

「あれ、ご主人と大丈夫だったの？」

「う～ん、大丈夫ではなかったんですけど」

答える梨乃の表情はどこかぼんやりとしていた。

「ねえ、梨乃さん、とりあえず座ってください。海斗君も、ね、座って？」

いったんは帰ろうとしていた敦子が、てきぱきとその場を取り仕切った。海斗がやってきたのを見て、玲美もキッズスペースから戻ってくる。

トラブルについて具体的に尋ねたかったが、子供達の前ではそれもできない。ならばと彩芽は敢えて明るい声で尋ねた。

「ねえ、海斗君、ごはん食べたの?」

海斗は聡《さと》そうな瞳をこちらに向け、「ううん、まだ」と首を振る。そのすぐ後、ちらりと梨乃に向けた視線が、子供ながらも労りに満ちていた。

「じゃ、今日はカフェバウスで、みんなして夕食を食べちゃわない? おばさんがご馳走《ちそう》しちゃう」

「ほんと!?」「やったー!」無邪気に喜ぶ子供達に対し、自分達も払うと母親二人は慌てている。

「いいから。そのくらい経費で落としちゃう。ね、何はなくとも食べましょう」と二人を制し、皆で夕食を囲んだ。

一日を通して頭を使ったせいか、子供達の他愛ない話に耳を傾ける時間が、彩芽にとっても、他の二人にとってもいいリフレッシュになっていることがわかる。

店に到着した当初は呆然《ぼうぜん》とした様子だった梨乃も、頬に血色が戻ってきたのが嬉しい。

夕食を食べ終えるなりキッズスペースへと駆けていった子供達を見届けたのち、彩芽は再び梨乃に向き合った。

「ねえ、ご主人とのトラブルって、もしかしてこの園のせい？　私が再三呼び出しちゃったりして無理をさせたから？」

梨乃が微かに目を見開いたあと、慌てて首を横に振った。

「いいえ。そういうんじゃないんです。ただ、夫がちょっと職場でトラブルがあったみたいで。私も驚いてしまって」

この返事に、彩芽は少し訝しみを覚えた。妻にも共有される、驚くような夫の仕事上のトラブルとは一体どんなものだろうか。

悠也は仕事上で何かあっても家庭に持ち込んだりしないし、たとえ夫に何かあっても彩芽もそうそう驚いたりはしない。

もしかして、使い込みとか訴訟とか、刑事事件に関わるような出来事があったとか？

妄想が膨らんだが、さすがにずかずかと踏み込んだ質問はできない。ためらっている間に、梨乃が吹っ切るように表情を引き締めた。

「それより、保育園の規模について、今日、お二人で話したんですよね。私も今からでよければ資料と合わせて見せていただきたいです」

「それはもちろん、いいけど。うん、そうだね。こういう時こそ、仕事が救いになること、あるものね」

会社員時代、妊活の辛さに音《ね》を上げそうになった時も、仕事に打ち込むことで、ささくれだった心が滑らかになった。家庭は大変な時だろうが、資料を求めた梨乃の瞳には、今、嘘ではない輝きがある。先ほど、敦子とは意見の分かれた資料を手渡すと、黙ってページを捲り始めた。補足で言葉を挟もうとしたが、「ちょっと待ってください」と制される。

資料のところどころに赤ペンで書き込みを入れた梨乃が、すっと顔を上げたのは約十分後のことだった。

「彩芽さん、約二十人という規模感は賛成ですが、この人数だと年齢割の保育は難しいかもしれません。縦割りの異年齢保育が現実的じゃないでしょうか」

「やっぱりそう？　敦子さんからも、そう指摘を受けたの。混合保育じゃないと厳しいし、年齢が上がるほど抜けていく子が多くなるだろうって」

声が自然と沈んでいく。間に合わせの園。そういうものを自分は、いや、自分達はつくりたいわけではないはずなのに。自然と握っていた手に、梨乃の手が被《かぶ》さった。

「そこは踏ん張りましょう。要は、子供達が、楽しくて離れたくないっていう園にすればいいんです」

梨乃の声に、敦子がそろそろと顔を上げる。

「そんな園に玲美を通わせられたら、どんなにいいか」

「この間は、両親のどんなライフスタイルも拒まない園、という表現をしましたが、子供達に対しても、どんな個性をも拒まない園、という立場を明確にしたほうがいいって気がついたんです」

梨乃の力強い言葉に、彩芽も盲点を突かれた気がした。もちろん、子供達にとって楽しい園であってほしいとは願っていたが、知育プログラムにせよ、預かり保育にせよ、どこかで、子供達のためではなく親の満足のためという立場から考えていたように思う。

「混合保育といっても、ゼロ歳から一歳と、二歳から三歳、四歳から五歳という三クラス編成だって考えられます。年齢幅を最小限にすることで、運動や知育プログラムも組みやすくなると思うんです。むしろしっかり個性を伸ばせるかもしれません。気心の知れたメンバーで、時間を決めて縦割り保育の時間を設ければ、協調性や思いやりも身につくと思いますし」

「それ、いいね。うん、どんどん見えてきた」

敦子がいつの間にか電卓をテーブルに出して、キーを叩きはじめた。

「仮にどの年齢も三人で募集するとしたら、保育士さんは最低四名必要ですね。でも、先生達も体調不良なんかで休む場合もありますし、他に一次預かりの子がいることを考えると、不定期に声を掛けられる先生を何人か確保しておかないと。他に調理師、栄養士、看護師さんも必要ですし、知育プログラムの先生への謝礼も捻出する必要があります」

「人件費だけでも、それなりの出費になるわね」

「そこは覚悟が必要ですね。入園金や施設維持費もいただいたほうがいいと思います。この次にお会いする時、ざっくりとですが、毎月のランニング経費をまとめてきますね」

　敦子が眼鏡を押し上げながら宣言する。ボランティアではなくビジネスなのだから、もちろんお金の問題はついてまわる。園で働く大人の幸せは子供達の幸せでもある。

「保育料、安くはできないわね」

「う〜ん、あまり大盤ぶるまいはできないですけどね。場所代がかからないのは大きな強みですが、今後のことも考えてストックも持っておきたいですし、行政から補助金がない分、余計シビアに経営していかないと」

「でも、初期費用はどうしてもかかるので、そこのところもちゃんと計算に入れて欲しいです」

　言いながら、梨乃がカラー印刷されたプリント用紙をテーブルの真ん中に置く。何かと思って敦子といっしょに身を乗り出すと、『保育園内装セット』と題打たれた紙面にイラストが添えられていた。

「これは、ある業者が小規模園のために販売している内装セットです。まあ、よく春になると宣伝される新生活家電セットみたいなイメージですね。これさえあれば、体裁が整うっていう」

　また即座に敦子がキーを叩き始めて、渋い表情をつくった。

「高いですね。大体、こういうセット商品はセレクト代が乗っかっていることが多いですし。自分達で揃えたほうがいいと思います」

「ええ～？　ここのは物の質もデザインもいいから、多少お金を出してもいいと思うんですけど」

梨乃も負けずに食い下がり、一つ一つの用具にどんな機能が付帯しているかを細かく説明しはじめた。

「いや、やっぱり高すぎですよ」「機能を考えたら安いくらいです」

熱を帯びたやりとりをつづける二人の姿が頼もしい。話が具体化していくにつれ、二人がどんどん自発的になっていくのがわかる。言葉は不適切かもしれないが、学園祭の準備のような、瑞々《みずみず》しい興奮が彩芽の胸に満ちていた。

「それで、ちょっと保留になっていた物件のことなんだけど」

おそるおそる切り出すと、敦子が途中で遮った。

「それについては、私、覚悟を決めました。無料であんないい場所を貸してもらえるお話なんて今後もまずないでしょうし。元々が喫茶店なら、カフェやワークスペースを併設するのも簡単そうですし。ワオ・ガーデンの真向かいで開園、大丈夫です」

「わあ、敦子さん、かっこいい。そうですね。園長の妨害はちょっと心配ですけど、さすがに刑事事件になるような嫌がらせなんてないと思いますし。私も賛成です」

彩芽を見る二人の瞳は、新品の赤ん坊の瞳のように輝いている。

「ここから一気に加速していこうね。こうしている間にも、追い詰められているママ達がいるかもしれないし」

「まあ、私達もかなりどん詰まりですしね」

「ほんと」そろって笑った母親三人を、キッズスペースから子供達が見て笑う。真凜まで、梨乃の腕の中で「キャッキャッ」とはしゃいだ。わけはわからないだろうが、母親が笑っていることは、多分、ものすごくいいことなのだ。

しばし訪れた和みの一時を切り裂くように、突然、ケータイの着信音が鳴った。葬送行進曲。非情な電子音に、彩芽の頬が急速に強ばっていく。

「ちょっとごめんね」

ノイズの少ないトイレへと駆け込み、いつもよりワントーン高い声を通話口へと投げかけた。

「もしもし、彩芽です」

『あら、彩芽さん、今どちらにいらっしゃる？　家に来たら誰もいなくて困っているんだけれど』

「家って、その、どちらの？」

半ば、底なしの穴を落下していく気分で彩芽は尋ねた。

『決まってるじゃないの、悠也のマンションよ』

彩芽も半額出したから彩芽の家でもあるのだが、そんなことが伝わる相手ではない。わかっていながら敢えて主張している節もある。

『とにかく、早く帰っていらっしゃいな。悠宇を連れてこんな時間まで出歩くなんて、いくらその年で初めて母親になったからって常識外れなことはわかっているでしょう』

彩芽は極めて幸福な結婚をした。それはひとえに、パートナーである悠也のお陰であると感謝も絶えない。常に理知的で穏やか、家事の協力も惜しまず、会社員時代はキャリアを全力で応援してくれていた。退社に際しても反対意見を述べるどころか、背中を押してくれさえしたし、彩芽の保育園をつくりたいという突然の宣言を泰然と受け止め、外へ送り出してくれる。妊活の末に、玉のような息子にも恵まれ、家に帰れば笑いが絶えることのない家庭を築いてもいる。

結婚式での誓い通りの幸せな生活を送れる夫婦が、果たして世の中に何組いるだろう。

ただし、おそらくどんなパートナーもそうであるように、問題が全くないわけではない。

悠也の場合、それはややきつすぎる精神の持ち主である母親だった。

悠也にSOSメッセージを送信し、マンションへとベビーカーを急がせた。途中、二回の信号で立ち止まっている間、一体、何の用で姑《しゅうとめ》が来訪したのかを忙しく推察してみる。

何もこんなタイミングでやってこなくても五月の連休がもうすぐだし、その時には、悠宇を連れて義実家のある大磯へと帰省すると連絡していたはずなのに。

姑は、悠宇と彩芽がいっしょだと勘違いしているようだが、今日は朝から父親に預けている。姑が来た時、誰もいなかったということは、悠宇を泣き止ませるために、散歩にでも出かけたのかもしれない。

悠也は台所のシンクの洗い物を片付けてくれただろうか。冷蔵庫の中は、タイミング悪く、昨日買いだめたばかりの冷凍食品が山ほどストックしてある。

嫌な動悸をなだめながらマンションのエントランスに辿り着くと、二層吹き抜けのホールのソファに、姑の塔子《とうこ》が姿勢よく腰掛けていた。傍らには大きめのスーツケース。一体、何泊するつもりなのだろう。

「お義母さん、お待たせしました」

少し難しいクライアントにプレゼンする時の笑顔をつくり、塔子に近づいていった。相手は、背中に物差しでも当てているかのように、ぴんと背筋を伸ばして立ち上がる。

「初めての産後で色々と勝手のわからないことも多いだろうと思ってきてみれば。もうすぐ母親からの免疫が切れる時期に、こんなに遅くまで赤ん坊を外へ連れ出すなんて非常識もいいところです！　それで、悠宇はどこにいるの」

気のせいか、若干生き生きとした叱責の声がエントランスに響いた。

「実は、悠宇は今日、悠也さんが面倒を見てくれていて。お義母さん、ここではなんですから、お家《うち》へ。スーツケースを持ちますから」

その時、慌てた様子で、悠也がベビーカーを押しながらホールを突っ切ってきた。

「お袋、急にどうしたんだよ。言ってくれたら駅まで迎えに行ったのに」

そういうことじゃない、という叫びを押し殺し、失礼にならない程度に表情を消す。

塔子がベビーカーの前にしゃがみ込み、勝手にベルトを外して悠宇を抱き上げた。

「おう、よちよち。悪いお母さんですねえ、こんな時間まで大事な孫ちゃんを外出させて。ばあばが来たからにはもう大丈夫よ」

だから、外出させたのは私じゃなくて、あなたの息子のほうですけどね。

げんなりしながらも、特大スーツケースの取っ手を持って歩き出した。おそらく惨憺たる有様のままであろうリビングを目にした塔子がこれからどんな風に自分をなじるのかと思うと、いっそ失神してしまいたくなる。そういえば、退職したことも塔子にはまだ伝えていない。そんなことを知られたら、今がその時とばかりに、専業主婦に転身するよう説かれる、いや、命じられるだろう。

園づくりは、これからが正念場なのに。

来たばかりの姑が一刻も早く去ってくれることを切に願いながら、彩芽はエレベーター内の階数表示が無機質に上がっていくのを見つめていた。

◇敦子

職場での自分は、打鍵《だけん》マシンだと思うことにした。

出社したら、気持ちを切り替えて作業に没入する。焦ろうと思えばいくらでも焦ることのできる状況だが、そんな時間の浪費はできない。

気がつけば五月に突入していた。あと三週間ほどで職場を去ることになるのだが、面接を受けた企業からは、まだ一つも内定が出ていない。

気持ちは焦るばかりなのに、やるべき仕事は社内でも社外でも無限に湧いてくる。

中でも新園の予算の割り振りには、彩芽達とのミーティングのたびに頭を抱えることになった。彩芽も、いつもは三人のバランサー的な役割をしてくれる梨乃も、園のこととなると、まったく妥協してくれないのである。しかも彩芽は最近、義母が上京してきたといい、一番遅く来て真っ先に帰ってしまう状況がつづいていた。

「だから、何度も言ったように、そんなに外部の先生を呼ぶプログラムを設けたら、年間五百万以上はかかりますよ。開園と同時に破産です」

今夜も、ようやく現れた彩芽が好き勝手な要望ばかりつきつけるので、敦子の口調は険を含んだものになっていった。

「でも、そんなにストックを持っておく必要あるかな。ここは勝負に出ないと、やっぱり親にとって間に合わせの園になってしまう気がする」

「そうですね。まあ、プログラムだらけにするのは、生徒の自主性を奪うようで私も反対なんですが、その代わり、内装には予算を絞らないでほしいんですよ。クラス分けが難しくなるので」

「じゃあ、借金をするんですか。というより、できますか？　確か、湾岸信金さんからは断られたばかりですよね。第一無謀なんですよ、あんな杜撰《ずさん》な事業計画書を持ち込むなんて。一言相談してほしかったです」

彩芽の資産状況やパートナーの与信にもよるだろうが、事業計画、というにはあまりにも漠然としている梨乃の企画書だけを持ち込んで、案の定、断られてしまったと事後報告を受けたのだ。敢えて言葉にしなかったが、彩芽は忘れているのではないだろうか。自分がもう大手不動産会社の管理職ではなく、肩書きから言うとただの主婦であるということを。それに、借金など、できることならしたくない。すべきではないというのが敦子のそもそもの考えなのに、経理の自分の意見も聞かずに突っ走った彩芽に、内心不満がくすぶっている。

わかりやすく「うっ」と言葉に詰まったままの彩芽にたたみかけた。

「梨乃さんのところみたいに、大手の母体がついている園じゃないんですよ。ああいうところは、食品会社やら保育士の派遣会社やらをグループ会社にして、グループ内でお金を回して利益を出しているんです。ね、梨乃さん？」

「え!? ええ、それは、その通りです」

「そんなわけで何度も言うように、うちみたいな弱小認可外は、お金をかけずに済むようアイデアをひねり出すか、ミニマムからスタートしないと。保育士さんのお給料と水道光熱費、給食費に教材費その他で毎月のコストだけでいくらかかると思ってるんです？ しかも赤が出たら、彩芽さんの頼りない自己資金を取り崩して補填《ほてん》するんですよ。このまま、三人とも無給スタートです。」

　この間見せてもらった彩芽の通帳には、二千万円ほどの貯金があった。しかし、改装費などの初期費用を差し引いたら、開園時には半分以上が消える計算なのだ。

　そこまで悲観的な予測をしなくても、というところまでリスクを考えて動くのが自分の役割だと、敦子は敢えて厳しい姿勢を崩さずに来たのに、二人ときたら、理想ばかり追いかけて今日も歩み寄ろうとしない。もはや、敦子の目には、モンシロチョウが二匹、目の前で飛び交っているようにしか見えなくなってきた。

「私はまだしも、二人が無給なんてダメだよ」

「だったらなおさら、節約を心がけてもらわないと」

　現実を突きつけられてうなだれていた彩芽が何かを思いついたのか、急に顔を輝かせ、腕をまっすぐに伸ばして挙手した。

「わかった！」

「何かいいアイデアが閃《ひらめ》きました？」梨乃が身を乗り出す。少しは意識を変えてくれたのだろうかと、敦子も眼差しに期待を込めた。

「オプションにしたらどう？　レッスンに参加したい子は、別料金で受けてもらうの」

にわかには、返す言葉を見つけられなかった。それが、妥協を許さない彩芽の理想の園なのだろうか。お金のある親だけがオプション代を払って、より良い教育を受けさせる。

それでは、それではまるで――。

「つまり彩芽さんは、ワオ・ガーデンの二番煎じをつくりたいってことですか？」

自分でも驚くような低音が出た。彩芽がはっと目を見開いたが、声を止めることができない。

「そんな園、起ち上げる前に潰れるほうが、世のママ達のためですよ」

金勘定を置き去りにして、ひらひらと理想だけを追いかけていればいい。

元夫に離婚を突きつけた時と同じ平たい声で告げたあと、キッズスペースで海斗と遊んでいた玲美を急き立てて、早足で店を出た。途中、梨乃や彩芽が寄ってこようとしたが、〝子供達の前ではやめましょう〟と無言の笑顔をつくって牽制する。さぞ、不気味な顔に見えただろう。

「ママ、どうしたの？」

「ううん、どうもしないよ。遅くなっちゃったから、今日は帰ろうってことになったの」

「わかった。本当は違うってことに気がついてるけど、わかったことにする。そんな玲美の声が聞こえた気がして胸が痛む。

仕事も、育児も、何もかも中途半端だ。何もできない自分が、どうしようもなく歯がゆい。言われなくてもわかっている。本当は、あんなに怒ることでもなかった。いつものように淡々と理詰めで辛抱強く説明すれば、アイデア豊富な二人がきっと解決策を見いだしてくれただろうに。

自分はなぜ、こんなどん詰まりに行き着いたのだろう。

必要以上のお金や人一倍の愛を望んだことなどなかった。ただ、平穏な家族が欲しかっただけ。時々ケンカをすることがあっても仲のいい夫婦関係をつくり、日々の節約を楽しみ、玲美と三人、天気のいい日には公園にお弁当を広げて笑いながら食べるような、どこにでもいる普通の家族になりたかっただけなのに。

それさえも、自分のような低スペックの女には望みすぎだったということだろうか。

私は、望んだものに値しない人間だったのだ。

幼かった頃からこれまで、もう数え切れないほど去来した虚しさがじわじわと精神を蝕《むしば》む。

「ママ。ねえ、ママ」玲美の心細そうな声で、自分が歩道に蹲《うずくま》っていることに気がついた。人通りの多い広い道だが、立ち止まる人はいない。当然だ。自分は手を差し伸べてもらえる種類の人間ではない。そもそも、差し伸べられた手を握る方法など知らない。そういう風に育ってしまった。

敦子の母は、優秀な兄ばかり可愛がり、離婚した父に似た娘を兄ほどには愛してくれなかった。

母に望まれなかった人間が、母になってはいけなかったのかもしれない。

虚しさがぽっかりと薄明るい穴を開け、敦子を甘い声で誘う。こういう虚無というものは、もっと、どす黒いものかと思っていた。

自分を責める声は、甘く、心地がいい。ふらふらと立ち上がった時、誰かに腕を摑まれた。

「大丈夫ですか!?」

息を切らした男性が、痛いほど敦子の腕を握りしめて立っている。気がつくと、敦子の足は、いつしか車道に半分はみ出しており、すぐそばを、トラックが埃っぽい風を巻き上げながら通り過ぎていった。

敦子が神崎《かんざき》と名乗った男に案内されたのは、この辺りに林立するタワーマンションの狭《はざ》間《ま》にぽつんと存在する小さなビルの一角だった。といっても怪しい場所ではなく、ただの喫茶店だ。

「こんな場所があったんですね」

「俺のお気に入りなんです。営業に来る時は、ここで必ず一休みしているんですよ」

告げたあと、神崎は玲美に視線を移し、いたずらっぽい笑みを漏らした。

「ここ、パフェもすごく美味しいんだ。食べてみる？」

玲美が、無言で許可を求めるように敦子を見上げた。頬には子供らしく正直に、食べたくてたまらない、と書いてある。

「好きなのを選んでいいよ」娘に告げたすぐあとに「きちんと払いますから」と付け足した。

なぜ、見ず知らずの男に、娘と二人でのこのこ付いてきてしまったのだろう。

神崎は、一見して穏やかそうだった。銀縁のめがねの奥には柔和な瞳が並び、短めの髪はほんの微かに茶色がかっているが、染めたのではなく地色だろう。肌の色もどちらかというと白い。三十代半ば、というところだろうか。細身のスーツで包んだ体は均整がとれていて、腹部もたるんでいなさそうだ。何かスポーツをやっているのかもしれない。ともかく、全体的に誠実そうな雰囲気を醸しているが、それでも、普段の自分なら初対面の人間の後をついていくなど考えられない行動である。

でも、歩道から半分足を踏み出していたんだものね。

そんなことをするような女だと思っていなかったし、そんなつもりもなかったはずだ。

それでも、改めて自分の姿を思い返してみると、寒気が足下からぞうっと上ってくる。

テーブルに載せられたグラスを両手でぎゅっと挟んだ。

いちごパフェを選んだ玲美が嬉しそうに頬張っている間、敦子は神崎に問われるまま話をつづけた。

「へえ、経理のお仕事を。それは会社の要ですね」

「いいえ、私は契約社員ですし、もうすぐ契約が終了するので」

「そうだったんですか。それじゃ、しばらくお仕事はお休みで専業主婦に？　あ、いや、あまりに立ち入った質問ですね、すみません」

「いいんです。うちは離婚しているので、またすぐに仕事を探さないと。就職活動もしているんですけど、なかなか決まらなくって。ぼうっと考え事をしていたみたいです」

婉曲的《えんきょく》に自殺の意図はなかったと伝えたつもりだが、自分の発言にそれほど自信が持てなかった。あの瞬間、自分は何をしようとしていたのだろう。おそらく神崎は、敦子を心配してこうしてひとまず喫茶店へと連れてきたに違いない。もしもあの時、目の前の男が自分の腕を摑んでくれなかったら、今頃、敦子はどうなっていたのだろうか。

楽になっていたのにね。そんな声が聞こえた気がして、背筋を冷たいものが這う。

「あまり考えすぎるのは良くないですよ。俺も昔、一度、駅でぼうっとしてしまったことがあるのでわかるんです」

神崎の声にどきりとした。駅でぼうっと、というのは、電車に飛び込みそうになったということなのだろうか。それで、敦子の行動を他人事《ひとごと》とは思えずこうして助けてくれたのかもしれない。相手に対する壁が、一つ、崩れていった。

それから神崎は、もう先ほどのことに触れることはしなかった。玲美にクイズを出したり、男性にしては珍しく店のナプキンを折り紙代わりにして動物やバレリーナを折ってみせたりして、すっかり玲美の心を摑んでしまっている。

「小さい子に慣れてますね。もしかしてお子さんがいらっしゃるんですか？」

「あ、いえ。そういうわけじゃないんですが、子供が好きなんですよね。って、変な意味じゃないですよ。恋愛対象は、普通に成人女性です」

一人で慌てる神崎に、思わず吹き出してしまう。

「疑っていませんよ」口に手を当ててまだ笑っている敦子に、神崎がふいに真顔になった。

「そうそう、その調子です。笑う門には福来たる。ありきたりですが、本当だと思います」

別れ際、きちんと支払うといった敦子を制して、神崎が会計を済ませてしまった。そのあとで、ためらいがちにメモを手渡してくる。

「もし良かったら、またお茶にでも付き合ってください。この辺、俺の担当区域なんで、よく営業に来るんです」

敦子が返事をする前に、神崎が玲美に手のひらを差し出す。人見知りの玲美が、ためらいもせずにハイタッチをした。

「またね、玲美ちゃん」

「うん、またあそぼうね」

もう会うことはないだろう。ただ、玲美は驚くほど屈託のない顔で神崎に手を振っていた。


家に戻ってスマートフォンを確認すると、メッセージが届いていた。彩芽と梨乃からである。

『私が無神経でした。本当にごめんなさい。連絡ください』

『敦子さん、平気ですか？　心配しています。熱くなってわがままばかり言ってしまってすみませんでした。また連絡します』

メッセージのほかに、ストーカー並みに二人からの着信履歴がつづいているのを見て
「かけすぎだよ」と声が漏れる。しかしその声からは、カフェバウスを去った時のような棘は消え去っていた。

『私も少し大人気なかったです。すみませんでした』

二人宛にメッセージを送信すると、すぐに二人からも改めて謝罪が届き、つづいて着信音が鳴り響いた。相手は梨乃だ。

「もしもし？」出ると、『連絡が取れて良かったあ』と涙まじりの声が応える。

『実は、まだ外なんです。お渡ししたいものもあるし、もし良かったら少しだけ会えませんか？』

そんなのは嘘で、心配の余り、遅い時間にも拘わらず出てきたのだろうと伝わってきた。自分の大人げない振る舞いが改めて恥ずかしくなり、梨乃がいるという公園まで玲美と連れだって向かう。

「敦子さん！」公園に到着すると、こちらの姿を認めた梨乃が、大きく手を振った。近づくと、梨乃は微かに瞳を光らせている。

海斗と玲美は、夜の公園というシチュエーションに興奮し、仲良くブランコに乗りにいった。敦子は、真凜を胸にかかえた梨乃と二人、ベンチに腰掛ける。

「連絡が取れたんだし、私も悪かったんだし、もう気にしなくて良かったのに。梨乃さん、お家も大変なんでしょう？」

「ええ、でも主人、最近はあまり文句も言わないですし」

梨乃は、一瞬視線をさまよわせたあと、決心したようにつづけた。

「それに、自分の恥を晒すようですけど、実は新米だった頃、保育だけで手一杯になってしまって、あるママが真剣に悩んでいるのを見過ごしてしまったんです。そのママ、少しノイローゼになってしまって。だから、敦子さんのこと、密かに心配してました。それなのに、さっきは敦子さんを追い詰めるような形になったから」

「それでわざわざ来てくれたんですか？」

大人になってからは、もう新しく友人などできないのだと思っていた。だから、梨乃達との仲もあくまで園づくりに限った関係だとどこかで割り切っていたのに。

これではまるで、本当の友達だ。

「あの、ありがとうございます」

「いえ。私、敦子さんのこと、尊敬してるんです。だって女手ひとつで玲美ちゃんを養って、しかもあんなにいい子に育てて」

梨乃にとっては単なる励ましに違いないその言葉が、敦子の胸には、澄んだ清水のように染みこんできた。誰かにずっと認めてほしかったのだと、ようやく自覚する。自分の頑張りも、玲美があんなに素晴らしい子供であることも、第三者からの肯定を飢えたように欲していた。

何か言葉を発しようとしたが、どんな言葉も正確ではない気がして、ただ口を噤んでいた。梨乃は気にする様子もなく、おっとりとつづける。

「お仕事でも優秀な人なんだろうなって、彩芽さんと打ち合わせている姿を見ていると、よくわかります。だから、きっと次のお仕事もすぐに決まりますよ。私が社長だったら、絶対採用しますもん」

「ありがとう」

深呼吸して、ようやく言葉を返すと、梨乃が微笑んで紙袋を手渡してきた。中を見ると、沢山のビーズと紐が入っている。

「この間、玲美ちゃんとお話しした時、ビーズが好きって言ってたから、今度一緒にやりたいと思って、密かに準備してたんですけど、でもやっぱりママとやったほうが楽しいと思って。良かったら、二人で遊んでください」

今、自分は得がたい相手と隣合っているのだと悟って、敦子はもう一度「ありがとう」を繰り返した。

「わあ、おっきい！」「ほんとだあ」

子供達の声につられて母親二人も空を見上げると、大きな満月が昇っていくところだった。

「彩芽さんも見てますかね？」

尋ねる梨乃の声に「見てるといいですね」と答える。自分達の産み落とそうとしている園が、無事に生まれるよう祈った。

再び家に帰ると、すぐに彩芽からメッセージが入り、次回の打ち合わせ日時が決定した。物件は無事に契約へと進みそうな状況だし、園児の人数も決定したところだ。すぐにでも園児の募集をかけなくてはならないし、保育士を含めたスタッフも確保する必要がある。

それに、今夜の打ち合わせで、二人にも予算感を持ってもらうための事業計画書の策定が不可欠だと痛感している。初期費用の細かな内訳や毎月の収支予測を目に見える形にしないと、彼女達には永遠に伝わらない。頭の中で数字が呼吸しているのは、三人の中ではおそらく自分だけなのだ。

しかし何より喫緊《きっきん》の課題は、敦子の新しい職場探しである。

あれこれ考えていると、いつもなら疲労が増すのに、今日はほんの少し胸が軽やかだ。梨乃が会いにきてくれたことも大きかったし、神崎と話したことも、おそらく助けになったのだと思う。

「ママ、きょうのおじさん、たのしかったね」

梨乃からもらったビーズに目を輝かせていた玲美が、突然、言い出した。

「おじさん!?」驚いたが、三十代半ばは、玲美にとって立派なおじさんだろう。

「うん、そうだね。楽しかったし、パフェも美味しかったでしょう?」

からかい口調で尋ねると、「うん、おいしかった!」と溌剌とした声が返ってきて驚く。

こんなにも無邪気な玲美を見たのはいつぶりだろう。床にベタ座りをしている玲美の横に腰掛け、頬に頬を寄せた。柔らかな頬の感触にじんわりと癒やされる。

「ママ、おじさんにおれいのメッセージしないの？」

「え!?　それはどうかな。おじさん、もう寝てるんじゃないかな」

もう会うことはない相手なのだし、お礼など送るつもりはなかった。向こうだって、社交辞令として電話番号を渡してくれただけではないだろうか。だが、そう、こちらも危いところから引き戻してもらい、あまつさえご馳走までしてもらった。その礼をしないというのは、いささか礼儀知らずかもしれない。

「まだれみもおきてるじかんなんだから、おじさんだっておきてるでしょう？」

玲美がいつになく鋭い。いや、もともと鋭すぎるくらいの子なのだ。ただちょっと、園で自信を削がれただけで。

あのおじさん、パパと同じくらいの年だったね。

「お礼はちゃんとしないとね」

渡してもらった電話番号あてに短いメッセージを打ち込んで送った。

『沢村です。今日は、ごちそうさまでした。娘もとても楽しかったと喜んでいます』

素っ気ない気もしたが、字数制限があるからこれくらいしか書き込めない。逆に、この字数で助かった。すぐに返信があったがわざと放置していると、今度も玲美が「おへんじじゃない？」とご丁寧にスマートフォンを手渡してくる。

「ねえ、なんてかいてあるの？」

「ええと、こちらこそ楽しかったです、ありがとうだって。玲美ちゃんにもよろしくって書いてあるよ」

それだけかと尋ねる玲美に頷いてみせると、あからさまにがっかりしていた。

しばらくすると、今度は手の平の中でスマートフォンが震える。もう一件メッセージが表示され、急いで内容を確認した。

『敦子さん、何度もメッセージすみません。梨乃です。今日はありがとうございました。おやすみなさい』

送り主が梨乃だとわかった瞬間、少し拍子抜けしてしまった自分に、敦子は驚いていた。

＊

一週間後、ちょうど五月の半ばに、敦子はかなりの気まずさを押して、カフェバウスを訪れた。梨乃とはもう直接会って話したが、彩芽とはあれからメッセージをやりとりしただけだ。

先に来ていた梨乃が笑顔でこちらに手を挙げてくれ、くすぐったいような気分で手を振り返す。すぐ後で到着した彩芽からも、ぱっと頭を下げて謝罪され、恐縮して「頭を上げてください」とお願いすることになった。顔を上げた彩芽と目が合い、お互いにぷっと吹き出す。

ケンカして、仲直りして。本当に、まるで友達だ。

「で、さっそくなんだけど、藤和さんから電話があって、急遽会ってたの」

敦子が感慨に浸る間もなく、彩芽がせっかちに園の話題を切り出してきた。

「もしかして、物件のことで何かあったんですか？」

小さく叫んだ悲観的な敦子に、彩芽が笑って首を横に振ってみせた。

「ううん。物件は、明日が契約日。二人とも来られそうだったら来てね。で、今日、藤和さんと会ってたのは、例のレッスンのことなんだけど」

彩芽の話によると、前回、敦子が店を飛び出したあと、梨乃と彩芽の二人で、少しの間、話し合ったのだという。予算のことはあっても、やはり子供達の知育はあきらめたくない。そこで当初から予定していた商店街でのお買い物や職業体験などを店舗との協力のもと、特別レッスンとして盛り込めないかと藤和を通して相談することにしたそうだ。

「藤和さん、商店街にも活気が出るってすっごく乗り気になってくれてね。すぐにお店の人達に声をかけてくれたの。八百屋にクリーニング店に魚屋、パティスリー、あとお寿司屋さんと書店さんが手を挙げてくれたのよ。もっと増えそうだって」

「え、そんなにですか!?　すごいじゃないですか。もしかして、有料のテーマパークより充実してるかも」

　梨乃が冗談めかして言う。

「ちなみに、予算は？」

「無料でお願いしたわよ」

　尋ねた敦子に、彩芽が即答する。

「まあ、テーマパークほどの幅はないけど、こっちはリアル店舗だからね。それに、話の流れで、リトミックと造形教室を格安で開けることになりそう。八百屋の娘さんが講師をしていて、商店街のためならってほとんど無償で引き受けてくれることになったの。造形教室の先生は彼女のお友達で、こっちもかなり格安」

「追い風が吹いてきましたね」

「うん、上手くいく時って、魔法みたいに石の扉が開いていくんだよね。この事業、神様に応援されている気がする」

　力強く頷いた彩芽の目の前に、敦子はバッグの中から取りだした資料を広げた。

「これ、保育園の事業策定書です。この間、毎月のランニングがかなりかかるというお話をしましたが、初期費用含めて、具体的な収支計画をまとめてきました」

「うわあ、敦子さん！　就活で忙しいのにありがとう。まあ、少し、というか大分怖いけど、お話を聞かせてもらっていい？」

「はい。覚悟して聞いてください」

二人には、何としても自分達が渡る橋の危うさを自覚してもらわねば。

ページをめくって、まずは彩芽の自己資金が改装費や内装類でさっそく約半分に減る事実をつきつけた。少し萎れてきた彩芽を慰めることもせずに、つづいて自分達三人をほぼ無給にしても、保育士達の給料や光熱費、給食費などランニングコストが、寄せては返す波のように毎月百万円以上、きっちり発生することを内訳とともに書面で示す。

「そんなにかかるの？」

「はい。しかもこれ、私達三人は無給、保育士さんのお給料をぎりぎりまで削った場合ですから。そんなわけで、最低十人ちょっとの園児を集めないと赤字になって、自己資金を取り崩しつづけるか、あるいは銀行から借金することになります」

彩芽も梨乃も無言だった。釘《くぎ》を少しきつくさしすぎただろうか。しかし、萎れたかに見えた彩芽が、きゅっと口元を引き結んだあと、告げた。

「今まで、こういう厳しい現実を敦子さん一人だけに見させてきたんだよね。ごめんなさい。共有してくれてありがとう。これからは、もっといっしょに予算にも気を配ります」

「え」予想外の返事に、少し狼狽《うろた》えてしまう。

「本当、お金のこと、少し甘く見積もりすぎてました。私も、いっしょに節約します。この間の保育園準備セット、何も新品じゃなくても中古で似たようなセットを揃えられないか探してみますし」

梨乃もほとんど泣きそうな顔になっている。

「いえ、わかっていただければ、それでいいんです」

彩芽や梨乃の謝罪が、敦子の胸を溶かしていく。予算が増えたわけでもないのに、いっしょに、という言葉が、こんなにも心強く感じる。

三人の間に熱い連帯感が生まれた瞬間を味わったのも束の間《つかま》、彩芽が「あ、いけない！」と小さな悲鳴を発し、ケータイの画面を見た。

「申し訳ないんだけど、実は私、今日はもう帰らなくちゃなんだ。お義母さんの件でちょっと揉めていてね」

「え、まだいるんですか!?　失礼ですけどお義父様《とう》はご健在なんですか？」

思わず尋ねてしまった敦子に、彩芽がげんなりと頷く。

「うん。元気なんだけど、主人の妹が同居してるから、多少家を留守にしても問題ないんだよね。お義母さんは何しろ一人息子の主人が可愛いらしくて、年に一度か二度はこういう奇襲があるの。梨乃さんも、旦那さんのこと落ち着いてるの？」

大変なはずの彩芽が梨乃を気遣う。

「うちは、まあ、ちょっと。少し落ち着いたら話します」

二人の様子に、敦子はつい、しみじみとした声が出てしまった。

「みんな、色々あるんですよね」

テーブルに載せていた敦子の手に、彩芽の手の平が重ねられ、体温が伝わってくる。

「でもさ、私達って、夢があるじゃない？　それって、すごく幸せなことだよね。今になって思うんだけど、ほんと、会社員時代とは比べものにならないくらい楽しいんだ。苦労も同じくらいあるんだけどね。定期収入がないってかなり堪《こた》えるし」

彩芽は言葉とは裏腹に破顔したあと、急ぎ店を出ていった。

夢がある、か。

もともと、中途半端な気持ちで関わっていたはずの計画だった。万が一、泥の船だった場合でも大丈夫なように、仕事も探すつもりだし、玲美はまだワオ・ガーデンに通わせているまま。それでも彩芽の何気ない一言は、清々しい響きを伴って敦子の耳に届いた。少し前の敦子だったら、苦労してきた分、そんな甘っちょろい言葉、などと僻み半分に彩芽を見下すような気持ちになっただろうに、事業計画書まで策定して自ら深みにはまっている。

自分の中で何かが変わろうとしている。背骨に沿ってぞくりと震えが走ったが、嫌な感じはしなかった。

◎梨乃

打ち合わせを終えて家に戻ると、晃がダイニングテーブルでモバイルＰＣの画面を前にぼんやりとしていた。頬には無精ひげが伸びており、起きてきた時と同じスウェット姿のまま。食事をした形跡もなく、洗濯や掃除などの家事も、ひげと同じく手つかずのまま。ママ友の噂通りに晃が職を失ったと知ったのはつい三週間ほど前のことなのに、もうずいぶん昔に思えた。

出勤した晃の後をつけ、自宅から数駅先の公園にたどり着いて、事情を問い詰めた。プライドの高い晃のことだ。否定するか、怒り出すか、どちらかだと思って身構えていると、晃は出し抜けに笑いはじめたのである。

ひとしきり笑ったあとで、晃は目尻に浮かんだ涙を拭い、リストラに遭ったことを白状した。実際には、半年も前に会社から宣告があったのだという。退職したあとは、これまで通りスーツで家を出て転職業者と会ったり、面接を受けていたそうだ。あまり苦労せずとも、いや、上手くいけばこれまでより好条件で外資系の金融会社に転職が決まると見込んでいた。実際、晃と同時期にリストラ対象になった同僚は外資系を渡り歩くジョブホッパーで、年収をアップさせて転職先を決めたという。だが、その同僚より結果を出していたはずの晃が、なぜか書類や面接で落とされる。

自分がどういう顔をして、あの時の晃の告白を聞いていたのかわからない。ただ、あらかじめ覚悟していたせいか、思ったよりも衝撃はなかった。

晃は言いたいことだけ言い終えると、先に帰ると言ってベンチから立ち上がった。逆に、梨乃は夫を追って行く気にはなれず、それまで晃が腰掛けていた場所のすぐ脇に座って淡い色の空を眺めた。あの時の自分が何を思っていたか、なぜか記憶が曖昧だ。

浴槽を洗い終えて、シャワーで洗剤の泡を落としていると、海斗が「真凜が泣いちゃった」と教えにきてくれた。

それでも、夫はミルクの一つもあげてくれないらしい。五歳の海斗以下。呪詛《じゅそ》のような声が頭の中だけで響く。稼ぎがなくなった途端に、家事を要求する自分は冷たすぎるだろうか。いや、今までの晃の態度を考えると、口に出さないだけ甘いという気がする。

海斗と真凜のお風呂を済ませ、寝かしつけたあとリビングに戻ると、晃はまだPCの前に座っていた。画面に映し出されているのは株専門サイトの線グラフと数字だが、虚ろな表情からして実際に見ているかは疑問だ。

リストラを告白して以来、晃は、魂魄《こんぱく》が抜けた人形のようになってしまった。相変わらず嫌味は言うが、力がない分、こちらへのダメージも少ない。家事の分担に対する不満はあるものの、今の夫に対し、梨乃は自分がどう感じているのかよくわからなかった。もっと突き詰めれば見えてくるものがあるのかもしれないが、日々の育児とこれまでの夫からの精神的な虐待で心身ともに疲弊しきっていた。

結果、同じ空間にいるが、互いに空気であるかのように振る舞っている。

そろそろ、園に勤務する保育士の募集を始めなくてはならない。今夜はその募集文面を考える予定にしている。そっとキッチンを出て家事室に引きこもろうとした時だった。置物のようだった晃が、やにわに動いた。

「これを書いておいた」

「それって」

何度も、こんなシーンを目にしたことがある。だがそれは、テレビドラマや映画の画面の中に限られ、眼前で起きたことはなかった。晃の差し出してきた用紙には、離婚届、とゴシック体で印字してある。片側にはすでに必要事項が書き込まれており、判まで押してあった。

「残りを埋めてくれたら、俺が出しにいってくる。この家のほかに、資産は折半《せっぱん》で渡すし、養育費も払うつもりだ。別に、何不自由なく暮らせるだろう。まあ、外資系勤務の旦那はいなくなるけどな」

「急に、そんなもの出されても」

思考が追いついていかない。このままがいいとは思っていなかった。子供達のために何かしらの変化を起こさなくてはならないと、心の片隅ではわかっていたが、相手から突きつけられると、唐突に感じてしまった自分に戸惑う。

「おまえにとったら、これ以上ない条件だろう。もう好きでもない相手のために仕事をしなくていい。ただ、おまえに決まった相手がいるなら、条件は考え直させてもらうがな」

「相手!? 何のことよ」

晃の口元がおかしそうに歪む。

「いくら冷え切った関係でも、妻が連日遅く帰って妙にそわそわとしていたら、普通は気がつくだろう。さあ、もう自由にしてやるって言ってるんだ。俺は外資の証券マンじゃないんだし、一緒にいる価値なんてないだろう」

先ほどから、晃の言うことが少しずれている。夫婦二人の大事な決断に、なぜ、元の勤め先が関係するのだろう。なぜ、いもしない相手のことで責められているのだろう。

「一緒にいる価値って、何? 外資の証券マンにこだわってたのはあなたのほうでしょう。コンパの席でもわかりやすいくらい自慢気にしてたの、忘れたわけじゃないよね」

最初に出会った合コンで、いかにも温室育ちのお坊ちゃまといった雰囲気を醸していた夫の姿を今でも鮮明に思い浮かべられる。生地に光沢のあるスーツを、着られることなくうまく着崩してあった。少し年上の男達はみな、梨乃とは違う世界の住人で、正直、来なければよかったと後悔していたところへ、少し酔った晃がシャンパンの入ったグラスを倒し、琥珀色《こはくいろ》の中身が梨乃のスカートにこぼれたのだ。

いつも子供達の相手をして、口癖になっていた一言がある。

――先生は大丈夫。ね、心配しないで。

条件反射で、子供達に向ける言葉がそっくりそのままこぼれ、それを聞いた晃がぽかんとこちらを見ていた。

二次会は、場所を変えて二人で話した。慣れないバーのカウンターで、梨乃もしゃちほこばっていたが、晃も自分をよく見せようと必死だった。できない人間は容赦なくリストラされるが、ぬるい日本企業と違ってやりがいがあるのだと目を輝かせていた。自分をよく見せたい男の子が、園で「せんせい、みてみて、かっこいいでしょう？」と屈託なくヒーローもののTシャツや自作の工作物を自慢するのとほとんど同じ。それが、かわいらしく感じられたのは、甘いカクテルのせいだったろうか。

あの頃より少し輪郭が丸くなり、白髪の出始めた相手に、ゆっくりと近づいていく。

「新しい相手のことは、否定しないんだな」

晃が、こちらを見上げた。久しぶりに、まともに目を合わせた気がする。ずっと、こちらを見てほしかった。優しい言葉をかけてほしかった。いや、優しくなくてもいい。愛情の裏返しでも何でも、感情のこもった言葉が聞きたかった。

「新しい相手がいたら、まだ嫉妬するの？」

尋ねる言葉尻が震える。晃の表情が硬くなった。

「俺の嫉妬なんて迷惑なだけだろう。コンパのメンツ、まだ覚えてるか？　俺以外の全員はいまだに、外資系におつとめのエリートサラリーマンだ。外れくじを引いたな」

この期に及んでずれた発言を繰り返す相手に、いい加減、腹が立ってくる。パン、と乾いた音が、頭の中で鳴った気がした。

「外資系の証券マンの夫の何がいいの？　帰りは遅いし、ストレスでいつも不機嫌。休みの日は疲れたからって寝てるし、チャンネルはいつも株式ニュース優先。子供達と過ごしてくれる時間、どのくらいあった？　私と食事してくれたこと、どのくらいあった？」

「そういう犠牲があるから、こういうマンションに住んで、働かずに専業主婦をやれてたんだろう!?」

「専業主婦が働いてないみたいな言い方をしないで！　第一、私は保育士を辞めたくなかった。でも、晃には外資系の証券マンなんて、正直辞めてほしかったわよ」

ぽかん、と懐かしい表情で晃がこちらを見つめた。床を打ち鳴らした右足裏がじんと痛む。こんな風に体を使ってまで怒りを爆発させたことなどなかったから、よほど驚いたのかもしれない。

「だけど、結婚するなら外資の証券マン以外嫌だって、公言してたんだろう？　夫に愛情なんてないけど、肩書きは愛せるって」

今度は、梨乃が口を開けて相手を見る番だった。

「何それ。結婚するなら、帰りが早くて家族と沢山過ごせる公務員とは言ったことあるけど？　それに、晃の肩書きなんて、愛したこと、一度もないよ」

合コンに誘ってくれた幼なじみとよく口にしていた半分本音のジョークだ。公務員がそんなに帰りが早くないことは、もう今ではわかっているけれど。

「嘘つくなよ。だって、有紗が梨乃から直接聞いたって」

言いながら、晃が口に手の平を当てる。

「有紗さん？　私、彼女とプライベートな話をするほど打ち解けたことなんてないよ。ねえ、前々から思ってたんだけど、彼女、もしかして昔、晃のことを好きじゃなかった？」

「ええ？　冗談で告白されたことはあったけど、あくまで身内ジョークで。いや、たとえ本気だったとしても、今さら俺たちの仲を裂くようなこと言うわけないだろ」

夫と二人、ただ見つめ合う。

夫婦の溝は、未だ深い。確かにかかっていた橋は崩れ落ち、とても行き来することはできない状態だ。たとえ誤解から生まれた溝だとしても、これまでにぶつけられた言葉の一つ一つを、そう簡単に忘れ去ることはできそうにない。

ただ、凍《い》てつく風が吹いていた溝の縁に、小さな花を見つけたと思ったのは気のせいだろうか。

「相手なんて、いないよ」

考える前に、声が出ていく。晃の顔が、園児のように無防備になった。

「外資系の証券マンじゃなくなって、良かった」

相手の頬に指先を伸ばすと、ひんやりとしていた。晃の瞳が、ゆっくりと濡れ、低い嗚《お》咽《えつ》が漏れ出した。

*

気持ちのいい風を切って、一週間ぶりにカフェバウスに赴くと、すでに二人が来ていた。

キッズスペースにいた玲美が、「あれ？」という顔で駆け寄ってくる。

「かいとくんママ、あかちゃんは？」

「今日はね、パパがおうちで赤ちゃんと遊んでくれてるんだよ」

「今日、旦那様お休みなの？」

それに、けっこう仲がこじれてるんじゃなかった？

無言だったが、尋ねてきた彩芽の顔には、あけすけな疑問が浮かんでいる。

「実は、一悶着《ひともんちゃく》のあと、さらに色々あって」

ペロリと舌を出したあと、梨乃は、簡単に起きた出来事を伝えた。聞いている二人は、リストラのくだりでは悲痛な顔に、デマを夫に吹き込まれた辺りでは握りこぶしで聞き入ってくれた。

あれから、晃とは言葉をぶつけ合い、躊躇なく怒鳴り合い、梨乃は幾度も晃にクッションを投げつけた。これまで夫とのぶつかり合いを拒絶していた分、一度話し始めると、お互いに言葉が尽きず、保育園の起ち上げにまで手が回らなかったのである。

その中で、すべてのすれ違いの元になった有紗の言葉は、やはり、二人の結婚を喜んでいなかった彼女の根も葉もない嘘だったことが判明した。

妻の言葉より女友達を信じたとなじる梨乃に、晃は、「申し訳なかった」と土下座をした。あのプライドの塊だった晃が、あのお坊ちゃんが、土下座をしたのだ。

やり直せるかもしれない。はじめてそう思えた瞬間だった。

さらに晃とぶつかる中で、こんなにも連日留守にして、浮気でなければ一体何をやっているのかと問い詰められ、ついに梨乃は自分の罪を白状した。どんな風に自分を偽って、何に関わっているのか。

なぜそんな馬鹿なことをと驚いていた晃だったが、言下に「愚かになることは誰にもあるけどな」と付け足した。その後、いつまで嘘をつくつもりか、と尋ねられて、少しの間をあけたあと、梨乃は答えたのである。

次に二人と会うときには本当のことを打ち明ける、と。

そう、梨乃のことを信じ、こんなにも親身になってくれている二人に、遂に打ち明けなくては。

もう役所に開園の申請も済ませ、物件も無事に契約が済んだ。開園に必要な最低限のリノベーションも打ち合わせが始まり、商店街の工務店がかなり協力してくれることで話が纏《まと》まっている。

これだけ軌道に乗ってしまえば、自分が許してもらえなくても、二人が立派に園を運営していくだろう。もともと、二人は自分とは違うキャリアウーマンなのだから。

「梨乃さん、大丈夫ですか？」しばらく黙りこくっていると、敦子が心配そうに顔をのぞき込んできた。

「ええ、実はその、二人に聞いてもらいたい話があって」

きっと、許してはもらえないだろう。素性をここまで偽った人間と、自分なら一緒に働きたいとは思えない。覚悟して口を開こうとしたところで、彩芽が「あっ！」と目を輝かせた。

「もしかして、保育士さんの募集の文言、考えてきてくれたの？　お家が大変だった時にありがとう」

「え、ああ、それは、はい。考えてきたんですけど」

出鼻を挫《くじ》かれて言い出すタイミングを失い、仕方なくプリントを手渡した。テーブルに載った一枚を、彩芽も敦子も身を乗り出して熱心にのぞき込む。

「いいですね。私も応募したくなりましたもん」

敦子が褒めたすぐあとで、彩芽が一部を抜粋して音読した。

「どんなパパママの生き方も応援する園です。だから、私達はここで働く保育士一人一人の生き方も応援します。いっしょに、『商店街の保育園』をつくっていきませんか？」

「どうでしょうか」尋ねながらも、これ以上のものはなかなかないだろうという自負もあった。

「いい！　最高だよ！　まさにこういう気持ちだったし」

「ここまで来たら、保育園の名前をそろそろきちんと決めないとですよね」

敦子の声に、彩芽が「う〜ん」と顎に手をやる。

「私、色々考えたんだけど、やっぱり商店街の保育園がいいような気がするんだよね。だって、もともとそういうコンセプトだったじゃない？　街全体で見守っていくっていうアットホームさも感じるし」

「私も、それがいい気がしていました」

梨乃自身もそれしかないと思っていたから、これから脱退する身なのに、つい、熱く賛同してしまった。

「それじゃ、『商店街の保育園』いよいよ本格始動ってことでいいんだよね」

梨乃と敦子を交互に見ながら、彩芽の頬に赤みが差していく。未来には希望しかないと信じている人間の顔はきれいだ。あの慎重派だった敦子でさえ、瞳に別人のような強い光が宿っている。梨乃だって、自分になんの疚《やま》しさもなければ、二人と同じように肌を輝かせられたのに。

言えない。言いたくない。少なくとも、今は。

どうにか二人に微笑み返しながら、梨乃は、テーブルに差し出された彩芽の手の甲に、ゆっくりと自分の手の平を重ねた。

第四章　応募がない!?

☆彩芽

藤和が最後の板に白いペンキを塗りおえると、周りから歓声が上がった。

六月の半ばを前に、梅雨前線が空を鈍色《にびいろ》に染め、飽きずに雨をそぼ降らせている。それでも、園の中は爽やかな笑顔で満ちていた。

「これで内装はいったん完成ですね」

彩芽の隣で、最後の一塗りを見守っていた敦子も大きく拍手し、保育室の脇にあるカフェスペースで、さっそくささやかな打ち上げがはじまった。

かねて相談していた通り、内装は工務店の職人の指導のもと、彩芽や敦子、梨乃、それに商店街の有志が集って行うことになった。藤和や八百屋店の店主である岩田《いわた》、それに自身の雑貨店のほとんどをＤＩＹしたという長岡《ながおか》など、頼りになる面々が床の張り替えやキッチンの入れ替え、子供用トイレの設置などをほとんど材料費のみで行ってくれた。ペンキ塗りや壁紙を貼る作業には女性陣も加わり、まさに商店街の皆がつくり上げた園が完成しつつある。塗り残しや改装途中の箇所がまだ残っているのは敢えてで、子供達や両親にも後々参加してほしいからだ。

嬉しいサプライズだったのは、カフェバウスの店長である一花が給食を引き受けてくれたことである。自らが栄養士の資格を持つママでもある彼女は、彩芽達が夜な夜な集って開園の計画を立てているのをうらやましい気持ちで眺めていたそうだ。

「子供を預かってもらっている園が、業者の給食なんだけど、ほんとに何ていうか、こういう感じでしょ給食って、という内容で。かといって保育園をやめて幼稚園に預ける時間の余裕もないし。食育に力を入れた保育園、自分でつくれるものならつくりたいって思ってたんです」

とはいえ雇われ店長だった一花は、経営元と果敢に掛け合って副業を認めてもらい、メニュー考案だけではなく、自らが調理を手がけてくれることになった。

いずれ保育園と併設したカフェも軌道に乗せたいのだと話したら、そちらも是非と乗り気になってくれている。

「この園の取り組みが広がったら、食育に世間の目が集まることにもなります。働いているママだって育児に手を抜きたいわけじゃないし、働いてるからこそ貢献できること、あると思ったんです。ぜひ、一緒に頑張らせてください」

三人ともが、園に対する追い風をよりはっきりと感じた瞬間だった。ただ、逆風が吹き荒れている案件が存在しているのもまた、手痛い事実だ。

「保育士の募集の件はどうなった？」

藤和がビールの入った紙コップを手にして近づいてくる。ウーロン茶の入ったカップの表面へと、彩芽は視線を落とした。

「実は、まだ一人も来てなくて」

「一人も!?　いくらなんでもまずくないか？」

「はい。求人サイトを変えてみたり、かなり思い切ってお給料を他より上げてみたりもしたんですけど」

「園児の応募はどうなんだ？」

「そちらも、まだゼロ歳児が二人ほどです」

「そりゃまた、ずいぶん少ないな」

正直、これでは保育士も一人で間に合うのではないかというレベルだ。年齢別保育どころか混合クラスにしないと、いや、それでも運営が立ちゆかない。

これだけ保育園不足が叫ばれ、保育園に落ちたママ達にＳＮＳで呼びかけたらご近所だけでもあれほどの数がすぐに集まった。園児を募集すれば、あっという間に枠が埋まってしまうだろうと何の心配もしていなかったのに、全く応募が来ないのである。

「時期が少し悪かったのかもしれないですね」

梨乃が眉尻を下げた。六月といえば、大抵のママ達は、すでに子供達の預け先を確保するか、育休を延長してしまった後だ。しかし、ついこの間までの彩芽がそうだったように、子供を預けられるならすぐに預けたい親達もいるはずではないか？

敦子が話を引き取る。

「今の時期、残っているのはパートタイマーのママ達がメインでしょうけど、一時預かりならまだしも、フルで預けるとなると、パートのお給料がほぼ飛んでしまいますから」

「なるほど。それはそうだよね」

募集要項には、八月一日開園（予定）と告知してある。しかし、園児もさることながら保育士が確保できなければ、そもそも開園することはできない。

「それだけじゃなくて、実は昨日、玲美と同じクラスの子のママからおかしな噂が流れてるって話を聞いちゃって」

敦子が声を潜めた。打ち上げのざわめきをよそに、その口元へ梨乃と二人で耳を寄せる。

敦子が語ったところによると、噂というのは『商店街の保育園』に関する、事実無根のでっち上げだった。

「創設メンバーはほとんど保育の素人のママばかりだって。一人だけいる経験者も、就職してからすぐに辞めたから経験なんてほとんどないって」

「ええ!?　私と敦子さんは保育の素人だけど、梨乃さんは現役なのに酷いよね!?」

彩芽の叫びに敦子は不満げに頷き、梨乃も顔色を変えてショックを受けている。

「そのママは、どこからその情報を仕入れたんでしょう」

梨乃が、不安気な表情で唇を噛んだ。

「それが、ワオ・ガーデンの別のママから聞いたそうです」

「私の保育士仲間にも、さりげなく聞いてみます。もしかして、ワオ・ガーデンが噂の発信源かもしれません」梨乃の顔は今や蒼白《そうはく》である。

「まさか、あの園長が何か画策したってこと!?」

「そういうことがないよう願っているんですが、あり得ない話ではないと思います」

「でも、噂だけでみんなが右倣《なら》えするなんて。あの園長、そんなに力があるの?」

「とにかく、確認が先ですよね。ちょっとさぐりを入れてみます」

梨乃は口の中が渇くのか、ひっきりなしにウーロン茶を飲んでいる。

せっかくここまで来たのに、保育士が確保できずに頓挫することになったらと思うと、久しぶりに胃の辺りに鈍い痛みが走る。

敦子が壁掛け時計に目をやった。

「そういえば彩芽さん、そろそろ家に戻らなくて平気ですか?」

「あ、うん。皆さんにご挨拶して、失礼しなくちゃ。ありがとう」

打ち上げに集まってくれた商店街の協力者達には、これからも力を貸してもらうことになる。丁寧に挨拶をして回るうちに、それなりの時間が過ぎてしまった。あとは敦子と梨乃に任せて、飛び出すようにしてその場を抜ける。ただ、家のすぐそばまで来た時、今日も姑の舌は絶好調だろうと思うと、急ぎ足にややブレーキがかかった。

――まったく、仕事の見積もりが甘い方は、家のことも甘くなってしまうのかしら。

――悠也が選んだ人と、いっしょにお買い物したりお茶をしたりするのが本当に長い間の夢だったのに。悠宇もママの顔を忘れてしまうわよねえ。

「ほんとにごめん。でも、これで悠宇を預けて外に出られるし、しばらく我慢してもらえないか」

ほとんど床に額をこすりつけんばかりだった悠也にそれ以上強く出ることもできず、ぐっと言葉を飲み込んだのは四月末のこと。姑が突然訪ねてきてから数えると、もう一ヶ月以上になる。

一体、いつになったら解放されるんだろう。

夫婦二人だった時代にも折りに触れて悩まされてきた姑の奇襲だが、産後疲れが抜けないし自身の保活もあるという理由で、くれぐれも控えてもらうよう悠也には散々牽制した後だった。

優しい悠也のことだから、彩芽が望むほどにはキツく諫《いさ》めてくれなかったのだろう。ついにマンションのエントランスに到着すると、彩芽の足取りはさらに重くなった。せめてロビーにある住民専用のカフェでコーヒーを購入し、一息ついてから部屋へと上がりたかったが、時間がそれを許さない。

「お帰り。もうごはんできてるよ。悪い、僕がつくるって言ったんだけど、お袋がどうしてもつくるって言うから」

玄関まで迎えに出たのは悠也だった。普段なら腕の中に悠宇がいるのだが、非常事態の今はいない。代わりに、廊下の奥のほうから棘混じりの塔子の声が響いてきた。

「こんな遅くに誰でちゅかね？　宅配便の人でちゅかねえ」

自宅の居間にでも逆風は吹くのである。悠也に「ただいま」と小さな声で告げると、笑顔を貼り付け、居間へと向かった。

「お義母さん、ありがとうございます。悠宇、ぐずりませんでしたか？」

「あら、お帰りなさい。悠宇はいい子でしたよ。ぐずるなんてとんでもない。ぐずるのはね、何か不満がある時なの。ねえ、ばあばといる時はずうっとご機嫌でしたよねえ」

悠宇に高い高いをしてやる姿にげんなりとしたが、抗おうという気もおきなかった。そっと壁掛け時計に目をやると、ちょうど夜の七時。寝付きが悪いという塔子が自室に引き上げるまであと五時間もある。つまりここ最近の彩芽は、十二時を過ぎなければ、悠也と二人の時間がとれずにいるのである。もちろん、保育園に関する様々な相談事も、いまだ彩芽の退職を知らない塔子の前ではできない。

「それにしても、なぜこんな時間まで働いているの？　あなた、育休中なんでしょう。本来なら、働きに出ることそのものを控えなければならない立場なのよ」

今どき、化石のような意見だが、受け流すしかなかった。

「すみません。新人が入ってきて間もないので、育休中でも少しフォローが必要で」

苦しい言い訳だが、幸い塔子は働いたことがないので、さほど疑問には思わなかったようだ。しかし切り返しは鋭かった。

「あなたも母親としては新人なのよ。人の心配よりまずは母親としての自分の心配をしてはどうなの？」

「あの、先に着替えをしてきちゃいますね」

言い返すこともしない代わりに話をそらして寝室へと避難すると、すぐに悠也が追いかけてきた。間に挟まれて申し訳ないとは思うがつい恨み言がこぼれる。

「ねえ、お義母さん、一体いつまでいるつもりなの？　さすがに今回は長すぎじゃない？」

「ごめん。親父に迎えにきてくれって連絡したら、どうやら喧嘩したみたいでさ。気が済むまで預かってくれないかって」

「そんなこと言われても」さらに文句をつづけそうになったが、悠也の困った顔を見て危うく飲み込んだ。日頃、与えてもらっていることに対して、自分は何も返せていない。こんな時ぐらい、良き妻でありたいという気持ちも嘘ではないのだ。

「でも、お義母さんがいてくれるから、私もこうして外に出られるし、悠也も土日に少しは自分の時間ができるんだしね。正直、悠宇を連れて打ち合わせをしても集中しきれないもの」

「そう言ってもらえるとありがたいよ。あともうしばらく、頼むな。お袋、楽しそうだし」

それは楽しいでしょうよ、あれだけいびり放題なら。

悠也に両手で拝まれて、ぎくしゃくと頷く。同時に溜息もぐっと飲み込み、「お義母さんの手料理、いただかなくちゃね」と、腹に力を入れ直して寝室を後にした。

深夜十二時。悠宇の授乳が終わり、すやすやと寝入った姿を確認して、ソファに倒れ込んだ。このところ母乳の出が悪く、乳房をくわえても悠宇がすぐにぐずってしまうため、ほぼミルクを飲ませている。

「お疲れ。大丈夫？　夜中は僕がミルクあげるから今日は朝まで寝たら？」

「ううん、平気。それより、保育園のこと、少し対策を考えないと」

「まだ応募来ないんだ？」

「うん、保育士も園児も、両方だめ。どうやら、悪い噂が流れているらしいの」

今日、敦子がワオ・ガーデンで仕入れてきた話を聞かせると、悠也も腕組みをした。

「そんな噂を流されたら大打撃だな」

「やっぱり？　応募するほうとしては、あんまりいい気しないよね」

「口コミが幅をきかせる世の中だからね。でも、どうするつもり？　先生を確保できなかったら、園児の応募が来ても預かれないだろう？」

「うん。とりあえず、梨乃さんが昔の保育士仲間に探りをいれてくれるって」

しばらく黙ったあと、悠也が顔を上げた。

「噂の出所なんて、突き止めても相手がしらばっくれたら終わりでしょ？　それより、噂になっているネガティブな出来事を、きちんと否定するサイトをオープンしてみたら？　今はウェブのことなんて何も知らなくても自分で簡単にサイトがつくれるし。創立メンバーの三人についてきちんと紹介して、保育内容や場所についても、もっと詳しく紹介してさ」

「あ、それはいいかも。確かに、当面は最低限のサイトで済まそうと思っていたけど、そんなこと言ってる場合じゃないものね。それに、創立メンバーの紹介をきちんとできたら、梨乃さんが保育のプロフェッショナルだってことも知ってもらえるし、敦子さんが資金面をきちんと管理してるってことも伝えられるし」

「うん、やっぱり親からしたら、大手のチェーンでもないし、よくわからない場所に預けるのは怖いしね」

さすが悠也である。塔子のことは困ったものだが、そんなことは些末《さまつ》なこと（でもないが）。悠也に抱きついて「ありがとう」と囁くと、夫の両手が背中に回される。悠宇を抱っこしてばかりで、自分が誰かに包み込まれるのは久しぶりだった。

＊

「そういうわけで、私達三人のプロフィールをきちんと公開して、噂を堂々と否定したいと思うんだけど、どうかな？　特に梨乃さんなんて、噂とはいえ、キャリアを侮辱されたら腹が立ったでしょう？」

カフェバウスで息巻くと、敦子の眼鏡が照明にぎらりと反射した。

「そうですね。私が素人なのは本当だけど、彩芽さんは街開発のプロだし、梨乃さんは保育士でもあるし園経営のコンサルですし」

「それを言うなら、敦子さんだって、経営コンサルだよ。素人なんてとんでもない」

決算を何度乗り切ったかが勝負だという経理畑で、敦子はもう何度も修羅場をくぐってきたという。今度の開園にしても、予算配分からランニングコストの算出やコントロールまで、敦子のアドバイスがなければもう今の時点で破産していた気がする。

「そんな、私なんて創設メンバーといってもおまけみたいなもので」

「それ、だめ！」

じれったくなって、つい敦子の声を遮った。

「自分が何かのおまけなんてあり得ない。そんな風に思わせてしまったなら、それは私の責任だよ。本当にごめん。私、敦子さんと梨乃さんなしでは、絶対にここまで来られなかったし、三人それぞれが主役だったと思ってるから」

「私も主役だなんておこが――」

再び自虐的な発言をしそうになった敦子を、急いで遮った。

「もう本当にストップ！　敦子さんは園に必要な人だよ。ね、梨乃さん」

「ええ。それはもう、間違いないです」

梨乃は相変わらずミステリアスな表情をしているが、頷きは力強かった。その梨乃が、敦子に向かって小首をかしげる。

「ところで敦子さん、最近、ちょっと痩《や》せました？　なんだか、すごくきれいになったみたい。もしかして、いい人が現れたとか!?」

敦子はぎょっとした顔をしたあとに、頬をうっすらと赤く染めた。

「実は、最近、ある出会いがあって」

「え、何なに？　どんな人なの!?」
久しぶりに嗅ぐ色恋の香りに、思わず鼻をひくつかせる。
「はい。玲美のこととか親身に相談に乗ってくれて。同い年くらいなのに、話していると
すごく落ち着くんです」
意識せずに口角が上がってしまった。梨乃ほどはっきり気がついたわけではないが、彩
芽も、敦子が最近、柔らかい表情をすることが多くなったように感じていたのだ。
女子高生のように無邪気にははしゃげないが、敦子のために幸福を祈らずにはいられな
かった。一方、梨乃はここ最近、浮かない顔をしていることが多い。夫婦の問題が大きな
山を越えたばかりで、興奮状態が去り、ようやく疲れが出ているのかもしれない。
園のことでも大分融通を利かせてもらったし、何より、二児のママだし。
「ねえ、梨乃さんのほうは、何だか疲れた顔してるけど大丈夫？　プロフィールはある程
度まとめてもらえば、文章を整えるのとかはこちらでやるから、あまり無理しないでね」
梨乃が彩芽に戸惑うような表情を向ける。
「そのことなんですけど。あの、ちょっと考えさせてください。個人情報ですし。実はこ
の活動のこと、今の勤め先に言ってないですし」
「あ、そうか。なるほど、それはちょっとデリケートな問題だよね。副業禁止されてる？」
「ええ、まあ」曖昧に頷いたあと、梨乃は少し頭痛がすると言って早めに店を出てしまっ

た。梨乃が立ち去ったあと、キッズスペースから玲美も合流した。

「女子会だね」と早くも女らしさが兆している玲美の横顔に声をかけると、「うん」と微笑んでくれるのが可愛らしい。

「これで、保育士さんさえ確保できたらなあ。ねえ、ワオ・ガーデンにヘッドハンティングしたくなるような先生はいない？」

「それこそ、園長に目をつけられちゃいそうですよ」

敦子が大げさに首を竦めてみせた。

「梨乃さんの知り合いに、いい人がいないんですかねえ。それか、藤和さんの人脈で誰か探してもらうとか」

「うん、実は、もう探してもらってるんだ」

言いながら、彩芽の胸に、とある人物の姿が浮かんでいた。

保活のどん底にいた頃、やつ当たりのように責めて、あの薄暗い部屋を飛び出してきてしまった。

しかし、今ならわかる。部屋が薄暗かったのは、少しでも赤ちゃんを寝やすくするためだったのだろうし、ちょっとくらい泣いても、様子を見て再び寝るようであれば起こさずに寝かせたほうがいい。何よりあの保育士は、おそらく親が無理矢理に預けていった病後児を片目を瞑《つむ》って預かっていたのだ。

「あと、私のほうでも一人、気になってる保育士さんがいてね」

気がつくと、彩芽の口からそんな言葉が飛び出していた。

◇敦子

空がずいぶん青いなと思った。

「ねえ、梅雨なのに、今日はいいお天気だね、玲美」

「うん、はれてるね」

蕁麻疹の薬の服用を、食後三回から朝一回に減らして一週間になる。

症状が治まってきたのには、もうすぐ『商店街の保育園』に転園できるからというのが大きいのだろう。加えて、敦子が有給消化期間に入り、これまでより早めに迎えに行けるというのもある。しかし最も直接作用している要因は、玲美曰《いわ》く、〝まゆせんせがやさしくなった〟ことではないだろうか。

今朝も登園前、さほどぐずらずに自転車に乗ってくれ、躊躇せずに門から園庭へと入ってくれた。途中、立ち止まってくるりと振り返った時にはどきりとしたが、「きょうのおしごと、がんばってね」と微笑んで去っていく背中に、思わず手を合わせたくなった。

玲美の言う〝おしごと〟とは、面接のことだ。今日、ぜひとも受かりたい会社の面接が一つ入っているのである。今伸び盛りのＩＴ企業で、社員の平均年齢は三十代。最初の面接官は同い年で、社長に至っては年下だという。昭和の悪いエキスを煮詰めたような前の職場とは正反対の、自由な風がオフィス全体に吹いているようだった。

少し早めに面接場所へと向かう途中、地下鉄の入り口で誰かに呼びとめられた。振り向くと、なぜか件の真由先生が息を切らして立っている。

「実は今日、遅番で」と、尋ねてもいない事情を告げてきた。

「そうですか」敦子のほうは、どうしても返事が素っ気なくなってしまう。大人気ないと自戒しつつも、どうしようもできない。いくら最近、玲美への態度を改めたといっても、娘をノルマの犠牲にしようとした事実は消えないのだ。

真由先生は、気圧《けお》されたように見えたが、再び口を開いた。

「あの、玲美ちゃん、夏から認可外の園に転園するんですよね」

「ええ。そのほうが、お互いのためにいいと思って。オプションではない通常の保育でさまざまな体験をさせてもらえますし。のびのびと過ごしたほうが、脳にいい刺激を送れると思います」

あてこすりを言い過ぎたとは思わない。もっと言ってやりたいくらいだ。

「実は私も、あの園を辞めることにしたんです。結婚することになって、この機会に思い切って他の園に行こうと思っています」

意外な告白だった。呆気《あっけ》にとられていると、真由先生はさらにつづけた。

「今の園、正直に言って子供達の幸せよりも利益に走っていると思います。でもそれを訴えると、園長にどこの園にも就職できなくなるわよって脅されるんです。実際、これだけ求人があるのに、都外でしか就職が決まらなかった子もいて。今さら謝って済むことじゃないですが、本当に申し訳ありませんでした」

通行人が行き交う中、深々と頭を下げられる。それでも、冷めた声しか出てこなかった。

「園が利益を出すことは悪じゃありません。でも、子供達を踏みつけて絞り出す利益は悪です。謝られても許せませんし、玲美は、蕁麻疹の症状がまだ治まりきっていません。それに、私がどんなに侮辱されたか、多分しばらく忘れられません」

これが自分の声なのだと、相手を責めながら、心のどこかで敦子は新鮮な感覚に満たされていた。自分は何かのおまけではない。主役だ。つまりそれは、自分の声に正直であるということだ。

母親を始めとして、自分をとるに足りない存在だと言わんばかりの男達に出会ってきた。しかし、最も自分を卑しめていたのは、自分自身だったのではないか。

もう、断固としてそこから抜け出すのだ。無意識のうちに選んだ道を、今敦子は、確かに自分の声として聞いた。

「あなたも、抜け出すんでしょう」

気がつけば、目の前で唇を噛みしめる相手にも問いかけていた。かなり言葉足らずだったにも拘わらず、それですべて通じたのがわかった。

自宅からそう離れていない同区にそびえるオフィスビル。入居している企業はほとんど名前を知られた一部上場の会社ばかりだ。受付で手続きを済ませ、大きな窓から運河や植栽を望む開放的なエントランスを通ってエレベーターに乗り込んだ。

静音で上昇していく箱はガラス張りで、透けた向こうにはいつしか東京湾が姿を現していた。同乗している人々は、生まれながらに良い教育を受け、何の疑問もなく有名大学から有名企業へと就職したのだろう。彼らは無自覚だろうが、交わす会話の語彙《ごい》、物の見方からすぐにそれと知れる。

場違いなところへ来たのではないかと動悸がしたが、必死に頭の中で唱えた。

私の世界では、私は彼らのおまけじゃなくて、主役だ。

高層階に差しかかり、耳に微かな違和感が生じた頃、エレベーターが止まった。大きく深呼吸して絨毯《じゅうたん》敷きのエレベーターホールへと踏み出し、来客者用の電話の受話器を外す。

間もなく、カジュアルなジーンズにトレーナーの若者が現れた。髪は短く刈りそろえてあり、寝不足なのか白目が赤く充血している。

「きっちり時間通り。経理の人っぽいですね」

「はあ」よくわからない分析をするなり、相手はすたすたと歩きだした。オフィスの中は、近代的だが、あちこちに置かれた緑のせいか、決して無機質な印象は受けない。広い空間の中で、最も小さいという会議室へと案内された。

「少し狭いけどここしか空いてなくて。お茶、持ってくるんで待っていてください」

「ありがとうございます」

若い会社だから、男性が案内することもあるのだろうし、こうしてお茶出しをすることもあるのだろう。今どき何も珍しくないのだろうが、何しろ今までの会社が旧態依然としていたため、かなり好感度が高かった。言葉遣いもカジュアルだったし、まだ学生のような顔立ちだったから、彼は新人かもしれない。

その新人が戻ってきて、紙カップでお茶を出したあと、そのまま向かいに腰かけた。

「それじゃ、これから社長面接をはじめていい？　この会社のＣＥＯで、池内《いけうち》と言います」

「はい!?」返事とも驚きともつかない声に、池内が面白そうな顔をする。おそらく相手が驚くのを承知で、いつもこんないたずらを仕掛けているのだろう。

池内は履歴書をざっと読むと、がらりと真顔になって尋ねてきた。

「現在まで契約社員で勤務、と。かなり野心的な資格の取り方をしているよね。この資格も、データ分析のスキルアップのためでしょ」

「はい、ＡＩができる仕事ばかりやっていては、この仕事に未来はないと思いますし。何より、無駄が嫌いなのと、上手くお金を使うと数字が増えていくのが喜びなんです」

池内の片眉が上がったのをきっかけに、敦子は一気に、彼の言うところの野心を語った。質問を挟む池内の声も熱を帯びていく。お金に対する池内の考え方は、とても共感できるものだった。お金は労働者であり使うものではなく働かせるものだという、人によっては下品だと顔をしかめそうな思想である。

「うん、わかった。ぜひうちに来てもらいたいんだけど、どう？」

「え、それって、面接に通ったということでよろしいんでしょうか」

「そうだよ。で、どう？」

池内は、言葉も無駄には発しないらしい。普通の企業なら、採用、不採用のどちらかを書面で伝えてくるのだが、どう？　と問いかけられたのは初めてだった。固まってしまった敦子を前に、さすがに池内が頭を掻《か》いて補足した。

「弊社の立場から見ると沢村さんを選ぶ側だけど、沢村さんの立場から見ればうちは選ばれる立場でしょ？　どう？　選んでもらえそう？」

とても誠実なことを言う相手だと思った。それでも、返事を踏みとどまる。

自分が主役の世界では、無理に自分の望みを相手に合わせて押し込める必要はない。

「ありがとうございます。でも一点、条件があるんです」

敦子の申し出に、再び池内の片眉が面白そうに上がる。この表情を嫌いではないと思う。

「私は今、子育て中です。それと、保育園起ち上げの経営コンサルも担当しています。その点を考慮して、テレワークを優先させていただきたいです」

一時は、仕事も育児も園の起ち上げにも中途半端だと自分を責めてばかりいた敦子だが、そうではなく何も諦めない道を選ぶことに決めたのだ。ただ、さすがにここまで自分の都合を声高に主張したことはなく、テーブルの下でそろえた膝は震えていた。

一方の池内は、身を乗り出して、意外な言葉を口にした。

「何それ、面白そう。詳しく聞かせてくれない？」

ちょうどその時だった。会議室の扉が乱暴に開かれ、闖入《ちんにゅう》してきた影がある。

「あ、こら！」それまで飄々《ひょうひょう》としていた池内が、にわかに表情を崩した。

「パパー！」影が、いたずらな声を上げる。

池内翔《しょう》。彼は、敦子達と同区で、息子に全く合わない保育園に内定が出てしまった、若いシングルファザーでもあった。

今日は待ち合わせの多い日だ。面接を励ましてくれていた神崎が、夜、打ち上げをしようと誘ってくれたのだ。

『面接、受かりました』

メッセージを送信すると、『即決ですか!?　おめでとうございます。打ち上げじゃなくて祝勝会をしなくちゃですね』と返事が来た。

いそいそと地下鉄の駅に向かって、とあるビルの前を通りかかると、見知った顔が目に飛び込んできた。小ぎれいなオフィスビルの一階に男性と向かい合わせで腰掛けているのは、さっき言いたいことを言って別れた真由先生である。

笑顔が輝いていた。正直、園で働いている彼女とは別人に見えるほど楽しそうだ。恋をしている女は皆、ああいう顔をする。

「じゃあ、相手は結婚相手か」声に出して呟くのと同時に、男性側の背中にも見覚えがあることに気がついた。どくん、と面接に向かう前より強く心臓が打つ。

静かにスマートフォンを持ち直し、相手の顔を確かめる前にメッセージを送った。

『祝勝会、今日はちょっと難しくなったかもしれません』

視界にいる背中の主が、腕を動かし、スマートフォンを操作しているのがわかった。ほどなくして、メッセージを受け取る。

『どうしたんです？　何かありました？』

さらに男が席を立ち、電話をかけはじめるのと同時に、敦子の電話も鳴動した。

間違いない。背中の主は、今夜会うことになっている神崎だった。

「どういうこと？」

混乱する思考の中で、無意識に心臓の上からとんとんと胸を叩く。真由先生の結婚相手が神崎だと結論づけるのは早すぎる。遠くから向かい合わせの二人を見ただけなのだから。

しかし、自分を必死になだめている間に、真由先生の手がテーブルの反対側へと伸び、その手を席に戻った神崎が握り返した。

スマートフォンはもう、鳴動を止めていた。


十分後、敦子は一人で歩く神崎のあとを尾けていた。

得体が知れない。

だまされた、というショックよりも、自分が娘まで同伴して夕食をともにしたり、個人のごく深い悩みを打ち明けていた相手は誰なのだという恐怖のほうが勝っている。神崎の正体を知りたい。その一心で、早足の相手を追いかけていると、最終的にとあるホテルへと入っていった。誰もが名前を知る五つ星のラグジュアリーホテルである。

ややビジネスライクすぎる格好を見下ろしたが、この際かまっていられない。少し間を置いて中へと入ると、神崎はちょうどラウンジのカフェに入っていくところだった。オープンすぎるスペースでは、すぐに気がつかれてしまう可能性が高い。そっと受付の外から見ていると、神崎がこちらに背を向けて別の女性と向き合って座っていた。

だが、今度の相手はかなり年上だ。さらに、この相手のことも、敦子はよく見知っていた。

どうして神崎がワオ・ガーデンの園長と？

あまりにも支離滅裂な行動に思考が追いつけないまま、しばし神崎の背中を見つめる。ショックを受けながらも、見咎《みとが》められないよう苦心しながら二人の写真を隠し撮りし、一旦ホテルの外へと出た。

落ちついて。ここは踏ん張りどころよ。

目に入ったブティックへと駆け込み、普段の自分なら絶対に着ないマダム系スーツとサングラス一式を購入して着替える。会計が五万円になった時はぎょっとしたが、就職祝いだと割り切ることにした。試着室の鏡に映る敦子は上手い具合に別人である。

スマートフォンにレコーダーアプリをダウンロードし、再びホテルへと舞い戻った。我ながら見事な手際で準備を整えたものだと感心する。二人はまだ同じ席に座して談笑しており、傍目には資産家とその税理士のようにも見えた。

帰りたくてたまらなかったが、今ここで二人の話を盗み聞いたほうがいいという、苦い予感がある。元夫の浮気を見破った時と同じ感覚だから間違いない。

カフェのスタッフに、二人の真後ろの席を指定すると、すんなり通してくれた。テーブルにつき、スマートフォンをなるべく二人に寄せてアプリを作動させると、画面に出現したイコライザーが波を描きはじめた。敦子も会話に耳を澄ませる。

「ええ、相沢《あいざわ》先生とは、退職が確定したら半年ほどで上手く別れますので」

相沢とは、確か真由先生の名字である。園長が苦い顔で頷いた。

「労働組合に駆け込むのは、思いとどまらせてもらえたのよね？」

「ご心配なく。組合の食い物にされた例を山のように吹き込んだら、簡単に諦めましたよ。新しい世界に飛び込んで前向きに人生をリセットしたほうがいいと、本人も納得したようです」

「そう。あれだけ目をかけてあげたのに、私の顔に泥を塗ろうとするなんて愚《おろ》かな子。ろくにノルマも消化できなかったくせに」

「かなり手広くお教室を開催されているらしいですね」

神崎の声は、これまで聞いたことがないほど下卑ていた。

「当たり前じゃないの。おとなしく保育園を経営したって、親に都合よく使われるだけで何のメリットもありゃしない。責任に比べて上がりが少なすぎるしね」

何を言っているのだろう、神崎も、園長も。

「それで、ついでのもう一人のほうも上手くやってくれるのよね」

「そちらも順調です。今夜あたり、例の保育士の件をほのめかしてみようかと」

「ありがとう。あそこの園のメンバーは、うちに敵意を持ってるのよ。妙な噂を流される前に、芽を摘んでおくにこしたことはないわ」

それからの二人の声はろくに入ってこなかった。

何が起きているのか到底全てを理解することはできなかったが、神崎が園長からなにがしかの依頼を受け、敦子と真由先生を同時に騙《だま》そうとしていたことはわかる。

私と真由先生を、ワオ・ガーデンに都合のいいように動かそうとしているってことよね。

最後まで耳を澄ませたが、神崎の正体は、よくわからなかった。


夕方、例の古い喫茶店へと無理に足を動かして向かった。

『三人でのお祝いは今度にして、今日は二人で、いつもの喫茶店でお茶にしませんか？少し疲れてしまって』

これが、先ほど神崎に送信したメッセージだ。いつものように、すぐに返事がやってきた。

『会えることになって嬉しいです。ではお祝いはまたにして、今日は軽くお茶でも』

冷静に考えてみると、神崎について自分はメッセージを送るアドレスしか知らないことに気がついた。名前は神崎誠《まこと》、年齢は三十六歳。しかしそんなものはいくらでも偽れる。

勤務している会社の社員証を見たこともなければ、生まれ故郷も知らない。住んでいる街さえも知らなかったことに気がつき、いかに神崎が自分の情報を出さずに、敦子にばかり話をさせていたかを悟ってゾッとした。

いい気分で話していた私も、愚かだ。

玲美のことは、急遽《きゅうきょ》、彩芽や梨乃に事情を打ち明け、預かってもらっている。梨乃が泣いて怒ってくれたのが、せめてもの救いだった。二人には会うことを反対されたが、神崎が何をどう吹き込んで自分達を陥れようとしているのか知りたい。うまく証拠を握ることができれば、相手を追い詰めるチャンスにもなる。

「でも、今までみたいに泣き寝入りはしない」

私は、おまけの女じゃない。

唇を噛みしめ、あらかじめバッグの中でスマホのレコーダーアプリを起動してから喫茶店の扉を押し開けた。奥の席で待つ神崎を確認し、晴れやかな笑顔をつくって席に着く。

お互いにコーヒーを頼み、当たり障りのない会話をつづけながら、相手をできる限り冷静に観察してみた。

これといって特徴はないが、よく整った顔。身だしなみには清潔感があり、相変わらず話を聞きだすのが上手い。会話が途切れないよう話題を豊富に提供して、こちらを笑わせる技術にも長けている。

つまり、詐欺師には、もってこいの人材だった。

「そういえば、保育園の件は順調？」

「ええ、おかげさまでそちらも何とかなりそうなんです」

本当は園児の応募もまだ殆《ほとん》どないままだったが、嘘を吹き込んだ。

「そう」神崎がわかりやすく表情を曇らせたあと、敢えてという空気を出しながら告げる。

「上手くいってるのに、言ったほうがいいのか悩むけど、やっぱり手遅れになる前に言うことにするよ」

「どうしたんですか?」きたな、と思いながら、精一杯驚いてみせた。

「実は、梨乃さんって人のことなんだけど、何だか怪しくないかな」

「梨乃さん!? どういうこと?」自分のことは棚に上げて人を怪しむ面の皮の厚さに、怒るよりもいっそ笑い出したくなった。

「うん。彼女って、大手チェーンの保育園の経営パートナーっていう触れ込みだったよね。だけど、お子さんがまだ小さくて、しかも上の子は幼稚園に通ってるんだよね。ばりばり働いてる保育士さんが、自分の子を幼稚園に預けられるかな。基本的に、預かりって二時までtogether でしょう?」

何を言い出すかと思えば。相手の詰めの甘さに哀れみさえ感じながら、静かに答えた。

「神崎さんはご存じないかもしれないですが、今の幼稚園って、夕方まで預かりを実施している園がけっこうあるんですよ。下手をしたら、普通の保育園より遅くまで預かってくれる園もありますし」

相手の行儀のいい表情が一瞬崩れ、ちっと舌打ちでもしそうな下品な顔が現れた。

そっちが本性だったのね。

見抜けなかった自分に腹が立ったあと、いや、悪いのはあくまで相手だと思い直す。自分を責めるのはもう沢山だ。

「それだけじゃない。遅くまで預かってくれる園だとしても、彼女が保育士を勤めている大手園がどこか確かめたほうがいい。連日、夜の打ち合わせに参加できるというのも何か不自然だし。すみません。敦子さんが人を疑う人じゃないから、つい余計な気を回してしまって」

なるほど、面倒を起こしそうな真由先生は寿退社させ、真向かいで開園するこちらは、創設メンバーの仲を裂こうという腹づもりか。

取り合わない敦子にじれたのか、神崎が、スムーズな動作でビジネスバッグから二つのファイルを取り出してきた。

「本当はこんなものまで出したくなかったんだけど、実はやりすぎを承知で、パートナーだっていう二人のことを調べさせてもらったんだ。ほら、前の職場でセクハラに遭ったたって言ってたでしょ。僕が結婚まで考えてる大切な人に、次こそは酷い目に遭ってほしくなくて」

神崎は、結婚という言葉の効果を確かめるような視線を向けてきた。

ゲスな詐欺師。心の中で毒づいたが、表情だけは感激するふりをする。怒りもあったが、それ以上に、そうしなければ危険な気がした。どんな立場で園長の依頼を受けたのかは知らないが、目の前の相手は狂っている。

　神崎が、微かに楽しむような口調で告げた。

「調査の結果、梨乃さんっていう女性は、まったくの専業主婦だったよ」

　予想もしていなかった言葉に、敦子はコーヒーカップに伸ばしかけた手を引っ込めた。

◎梨乃

　彩芽に「一緒に会ってほしい人がいる」と相談を受け、商店街の保育園で急遽、面談を行うことになった。

「敦子さんのことは、今は待つしかないし」

　託された玲美は、先ほどまで保育スペースでブロックを熱心に組み立てていたが、今は遊び疲れたのか眠っている。

「一体、その神崎って男と花村園長は何をするつもりなんでしょうか」

「さあ。二人が何を考えているのかわからないけど、私達が一致団結していれば絶対大丈夫だよね。というか、大丈夫にしよう。ここまで来たんだもの」

　彩芽の声に、梨乃の胸が重く沈んだ。

　敦子が戻ってくるのを待って、今度こそ打ち明けるつもりにしている。なぜか、今夜が最後のチャンスだという気がしたのだ。

　梨乃が手の平に嫌な汗をかいている隣で、彩芽が再び話しはじめる。

「これから会う保育士さんね、会った時は、いい保育士じゃないと思ったの。でも、どうしても気になって、会えないかってメールを送ったら、保育を辞めることにしたって。個人で認可外の保育を行っている女性なんだけど、モンスターペアレントの対応に疲れたんだって」

「ああ、話していると、どちらが親かわからなくなる相手もいますからね。ちゃんと躾《しつ》けてくださいとか、私も言われたことがありますもん」

　どうしてまだ箸が持てるようにならないんですか？

　そんな急に迎えに来いって言われても。

　園のお友達のせいでうちの子が乱暴になったんじゃないですか？

　今思い出しても腑に落ちない言いがかりの数々。実際、モンスターペアレントに目をつけられ、心を病んでしまった同僚もいた。

「やっぱり面倒な親もいるんだね。私が訪ねていった時も、彼女、規定外の病児保育を押しつけられてて」

「個人だと相手も強引になりやすいですし、余計に断れなかったんでしょうね」

相づちを打ったちょうどその時、入り口のドアが開き、痩せた女性が入ってきた。

「中岡さん」彩芽がさっと立ち上がり、女性を出迎えた。

女性は、一歩足を踏み入れるなり、やや尖った口調で尋ねる。

「一応、来ましたけど、どういうご用件なんですか？」

もしかして、呼び出しておきながら、用件を伝えてなかったんですか？　無言のまま驚いたが、彩芽はしれっとした顔で尋ね返した。

「保育士をお辞めになるとうかがったので。その前に、ぜひ見ていただきたいと思って。まずは、おかけください」

「見るって、何をです？」怪訝《けげん》な顔のまま、着席しかけた中岡がもう一度視線を巡らせた。

「あれって、もしかして」

隣の空間に気がつき、中岡が目を瞠《みは》る。可愛らしい内装が、自然光に近いという照明のもと浮かび上がっている。玲美が、園児用のお昼寝ベッドの上で丸まっていた。

「保育園を開くことにしたんです」

中岡は彩芽の問いかけには答えず、カフェと保育スペースとを区切るガラス面へと近づいた。

「預かるのは二十人くらい？　その人数でも年齢別保育をするつもりなのね。いえ、厳格にではなく、いくつかの年齢域ごとかしら？　認可の申請は——してないわね」

一見で、園の概要を理解してみせる。元々は、大きな園に勤めていたのではないだろうか。中岡の質問に、梨乃は自然と口を開いていた。

「はい。認可外の園なので、最大、という形にはなりますが、レギュラーで預かる子を十五人、一時預かりの枠を五人に設定しています。あまり規制を受けると理想の教育もしづらくなりますし、認可は考えませんでした」

「理想の教育、ねえ」

保育スペースへ向けられた中岡の視線には、一様ではない感情がこもっていた。

「名前は『商店街の保育園』です。この商店街をまるごと巻き込んで、街ぐるみの見守りがはじまります。子供達の持つ色を尊重するのはもちろんですが、親達のどんなライフスタイルも否定しません」

園を設立した経緯からコンセプトまでを一気に語り、彩芽が少し間を置いて尋ねた。

「中岡さん、保育士として手伝ってもらえませんか？」

しばらく黙ったあと、中岡がようやく尋ねる。

「どうして私なんです？　うちにいらした時、私の保育を否定してましたよね。五万円を捨ててでも預けたくないと思うほど」

梨乃をはさんで、彩芽と中岡の視線がぶつかり合う。二人の関係性をよくつかみきれない梨乃がとまどう中、彩芽がゆっくりと告げた。

「あの時は、申し訳ありませんでした。完全に私の思い上がりでした。中岡さんがよく考えて保育をされていらしたこと、あとで冷静になって気がつきました」

そのまま頭を下げる彩芽に、中岡が毒気を抜かれたようになった。だがそれは一瞬のことで、見る間に頬に朱が上る。

「簡単に、つくらないでよ」

「はい？」

「保育園なんて、そんなに簡単に運営できると思ってるの？　まあ素敵な箱をつくったこと。でも、ちゃんとした保育士が集まるのかしら。知ってる？　女の職場って怖いのよ。いじめ、パワハラは日常茶飯事。それに耐えられなくて一人でできる保育室を開いたら、預けに来るのは保育士に母親の代わりまで求める親ばっかり。ねえ、あなた達はどうして子供を産んだの？　あなた達の仕事って、母親を放棄していいほど大事なものなの？」

彩芽が言葉に詰まる。たまらず、梨乃が割って入った。

「母親を放棄なんてしてないですよ。彩芽さん、悠宇君の、いいえ、子供達の保育環境のことを突き詰めて、お仕事を辞めたんです。それでようやく、開園直前までこぎつけたんです」

「辞めた？　あんな大きな会社を辞めて、保育園を？」

「はい。我ながら、よく辞めたなあって思います」

さっぱりと笑う彩芽に、中岡が溜息をつく。

「とにかく、私はもう保育士を辞めたの。今、とっても自由なのよ。もうどんな親のことも気にしなくていいし、子供達を預かる責任を常に感じていなくていい。本当に幸せなの」

その言葉に嘘はないのだろう。それでも、梨乃は気がつくと口にしていた。

「そんな幸せ、すぐに飽きますよ」

びくりと肩をふるわせた中岡にたたみかける。

「きっとすぐに、自分が何のために生きているんだかわからなくなります。たとえば、自分の子供ができれば、保育士をつづけたい気持ちなんて消えるかと思ったけれど」

消えなかった。それどころか、消えるはずのものがまだくっきりと存在していることへの絶望で、さらに焦燥が募った。

「子供はもちろん愛おしいです。可愛いです。でも、保育士として子供達の育ちを見守る喜びはまったく別のものです。自分の手でお金を稼いでいるっていう事実も、単純なようでいて、すごく手応えに直結してますし」

梨乃の話を聞く中岡の目は、少しも驚いていなかった。ああそうか、この人も同類なのだとすぐに気がつく。

「結局、その喜びを知っているから、職場でいじめがあっても、個人の保育士をつづけたんですよね。親達から過度に頼られても、辞められなかったんですよね。子供達が、先生大好きって言ってくれるから。子供達の初めてに、毎日出会えるから」

視界がにじむ。短い保育士時代に出会った子供達は、今、いくつになったろう。新人だったから、気負いすぎていた部分もたくさんあったが、日々、全力で向き合った子供達のやわらかな声が、今も耳の奥に残っている。

先生大好き。あの言葉が、すべての原動力だった日々。

しかし、寿退社を隠《かく》れ蓑《みの》に、自分は失敗から逃げた。理想からはほど遠い、だめな保育士に過ぎない自分から逃げたのだ。そのくせ、今でもぐじぐじと思い出し、敦子を気に掛けることで、どこかあの時の失敗に対する贖罪《しょくざい》をしている。

夫が許さなかった、夫の実家が望まなかったというのは、ただの言い訳。

立ち尽くす梨乃を前に、中岡が帰り支度を始めた。

「勝手なこと、言わないでよ。子供が好きってだけで、やっていける仕事じゃないの、あなたも元保育士ならわかるでしょ。他を当たってちょうだい」

「あ、彼女は元保育士なんで。現役の保育士さんで」

「そんなことどうでもいいじゃない！」──中岡の鋭い声に、今だと思った。

ずっと滞っていた叫びが、梨乃の喉からようやく飛び出していく。

「違うんです！　私、もうずっと保育士じゃないんです！」

無言のまま、彩芽が目を見開いた。

「すみません、私、彩芽さんと敦子さんに、嘘をついてました。現役だったのは三年だけで、あとは逃げるみたいに退社したんです。その後は、家事や育児をしてて。だから、大手チェーンの経営パートナーなんて嘘です。ただの専業主婦なんです」

「ええと、なんだか知らないけど、込み入ったお話のようだから私はこれで」

中岡が背中を向けるのと同時に、人物が駆け込んでくる。

敦子だ。顔を蒼白にして、唇をわなわなと震わせている。

「梨乃さん、あなた、一体誰なの?」

ああ、彼女も知ったのだな。敦子の声で、もう、膝に力が入らなくなった。

弾劾は避けられないと覚悟していた。それでも、つい先ほどまで友人だった相手に溝を感じるのは辛かった。うなだれる梨乃の前には敦子と彩芽、梨乃の隣には、帰るきっかけを失った中岡が腰掛けている。

「ねえ、一体どういうことなんだか全然わからないんだけど」

彩芽が戸惑った声で尋ねてくる。覚悟を決めて説明しようとするのに、浅い呼吸ばかりを繰り返してしまう。

「保育士だったのは本当です。でも、義実家からは結婚後も働くなんてみっともないと言われて、表面上は寿退社しました。でもそれは言い訳で、本当はあるお母さんと子供を助けてあげられなかったっていうみっともない理由で逃げたんです」

「それって、前に公園まで会いに来てくれた時に言ってた親子？」

敦子の問いに、梨乃が頷く。

「そのくせ、主婦でいるのも、妻でいるのも苦しくて。十分なキャリアを持っていたら、子供を二人連れて今すぐ離婚するのにと、SNSに集っていた働くママ達が羨ましくて」

「だからって、嘘をついて参加するなんて」

敦子の怒りはもっともだ。梨乃自身、同じ言葉で自分を責めてきた。しかし同時に、自分がかりそめの立場であるという事実に蓋《ふた》をし、図々《ずうずう》しく保育園づくりを楽しんでもいたのだ。

「本当にすみませんでした」

「すみませんじゃ、済まないと思います。いくらでも言い出す機会はあったのに騙し続けてたんですよね!?　私、男の人だけじゃなくて友達にまで嘘つかれてたんですよね」

いつも静かに話す敦子が、こんなにも声を荒らげている。当然だ。彼女は、娘を商店街の保育園に転園させるほど、この園にかけている。転職先にも、落とされるのを覚悟でWワークを折衝したという。

それに比べて、自分はなんと弱かったのだろう。

「すみません、私は、消えます。もう二度と、皆さんの前に姿を現しませんから」

気がつくと、拳《こぶし》をきつく握っていた。重い沈黙は破られる気配がない。もはや梨乃からもどんな声も出てこなかった。

どのくらい時間が経ったのだろう。一瞬にも、一時間にも感じられた間を経て、中岡が問いかけてきた。

「それでいいの？」

答えないでいると、再び「それでいいの？　辞められるの？」と尋ねてくる。

「あなたこそ、人を騙して、嘘ついてまで、保育士である自分にしがみつきたかったんでしょ？　また子供達の声が聞きたくてたまらないんでしょ？　昨日できなかったことが今日できた瞬間をずっと見てたいんでしょ？」

「中岡さん――」

「あなたみたいな人はね、辞めちゃだめ。ここで土下座してでもつづけなさい。そして、ママより先に、センセって子供達が言えちゃうような保育士になるの」

先ほど梨乃がかけた言葉を模して、今度は中岡が返してきたのだ。彩芽は何か言いかけて黙ったが、敦子はたまりかねたように叫んだ。

「何を言ってるんですか。梨乃さん、私達を騙してたんですよ!?　嘘のプロフィールで企画書まで提出して。玲美なんて、梨乃さんのこと慕って、いつも会えるのを楽しみにしてたのに。あの夜だって、友達みたいな顔して近所までやってきて、どういうつもりだったんですか!?」

確かな友情をお互いに感じていた夜のことを思い出し、さらに深くうなだれる。

「ごめんなさい。ほんとに、ごめんなさい」

「許せません。梨乃さんも、神崎も。それに、ワオ・ガーデンの園長も！　私と玲美が何したっていうんですか。なぜみんなで寄ってたかって、人のこと騙すんですか」

「ちょっと待って。今、ワオ・ガーデンって言った？」

中岡が、またしても口を挟んだ。

「ええ。それが何か？」苛立ちを隠さずに答えた敦子に、中岡がさらに詰めよる。

「ワオ・ガーデンの園長って花村でしょう？　あの女、まだ何かやってるわけ？」

「中岡さん、花村園長のこと、知ってるんですか？」

彩芽の問いかけに、中岡の目が据わる。

「知ってるも何も、あの女なのよ。私を退職に追い込んだのは！」

だん！　とテーブルを拳の脇で叩き、中岡が歯を食いしばる。

「良かったら、話してください。私達、共通の敵がいるのかもしれません」

彩芽に促され、よくある話よ、と前置きした上で中岡が語りだす。

「私が勤めていたのは私立の認可園でね。モンテッソーリ教育を売りにしていたの。私自身、モンテッソーリ教育について大学でも研究していたし、子供達にとって有益だと確信を持っていたわ。園長もよく目をかけてくれてね。花村は、そこの同僚だった」

「昔からのお知り合いだったんですね」

中岡が暗い目を敦子に向ける。

「昔から、ねじ曲がってる人だった。できない子はどんどん切り捨てて、少しでも利発な子を優遇していく。モンテッソーリとは対極にある考えね。いえ、どんな保育思想からも外れてる。当時の園長は、いずれ私に園を継いでほしいとまで言ってくれていたの。それを知った花村から、猛烈な嫌がらせが始まってね」

内容を聞かなくても想像はついた。あらぬ噂を振りまいたり、同僚との仲を裂いて孤立させたり、執拗《しつよう》な攻撃を受けたのだろう。

「それでも、外面だけはいいの。生まれつきの女優なのね。当時からいつもトラブルの真ん中にいたけど、上手く振る舞って誰もあの人の本性なんて気がつかなかった。かえって、訴えた私が非難されて、園を継ぐ話も反故《ほご》になって、逃げるみたいにして辞めたのよ」

辞めてからはしばらくメンタルが不安定になって、軽い鬱状態に陥っていたという。その後、どこかの園への復帰も考えたが、人間関係に疲れ切っていた。

「あの女が始めた花村方式は、モンテッソーリの劣化版よ。本来の脳の成長スピードを無視した過度な刺激で、いびつに成長させるだけ。あれでは、稀《まれ》に開花する子のほかは、育ちがアンバランスになってしまう」

　敦子が身を乗り出した。

「今、たくさんの子供達が、花村方式のお教室に通ってます。それも、園の保育士がお教室に生徒を誘導するノルマを背負わされてるんです」

「あのごうつく張り！」中岡が、再びテーブルを叩く。

　彩芽が、ここぞとばかりにたたみかけた。

「中岡さん、うちの園は、花村園長に屈しません。私達の園で、保育士、やってくれませんか？」

「足下を見るつもり？」

「いえ、運命を感じているだけです」

　彩芽と中岡の視線が火花を散らしてぶつかり合ったのち、一本のごく太い線になった。

「わかった。ただし条件があるわ」

　ゆっくりと、中岡の視線が梨乃へと向けられる。

「この人もいっしょに雇ってくれるなら、私もここで、もう一度子供達のために力を尽くしてみます」

「それは」立ち上がりかけた敦子を、彩芽が制する。梨乃は驚きのあまり声が出ず、ただ座っているしかなかった。

「ご意向はわかりました。でも、梨乃さんのことについては、私達三人で話して十分に検討させていただけませんか」

窓の外、大通りを隔てた真向かいに、一見、保育園とはわからないようなワオ・ガーデンの上品な看板が照らし出されていた。

第五章　それぞれの保育園

☆彩芽

園のカフェスペースは静まりかえっている。六月も終わりに近づいてきた。強風を伴う雨が窓を打ち、クーラーをつけていても湿った空気がまとわりつくようだ。

敦子が持ち込んだ録音データの内容に聞き入りながら、彩芽は昨日の中岡のように拳を握りしめていた。

「これって犯罪だよね？　花村園長って、本当に一体なんなの？　どうしてそこまで人に対して攻撃的になるの？　神崎って人も、金さえ積めばなんでもやるわけ？」

敦子が重い口を開く。

「園長は、私達が園の内情を知っていることに危機感を覚えているみたいでした。真向かいに開園することにも、敵意を感じたのかも。とにかく開園を阻止したいんだと思います」

「なるほど。悪意のある人間は、他人の中にも、ありもしない悪意を見いだすのね」

「神崎については、具体的な社名は明かさなかったですけど、卑劣な工作を生業《なりわい》にしている会社の社員だと思います。一時、話題になった別れさせ屋もその類で、呼び名通り、カップルや夫婦を別れさせたり、他にも復讐とか復縁とか、依頼者の望む展開をつくりだすために、ターゲットを騙すんだそうです」

ひくっと派手に啜《すす》り上げながら肩を震わせたのは、今日初めて会う真由だ。今はうつむいているが、ここに入ってきた時の瞼は真っ赤に腫れていた。

中岡が真由にハンカチを差し出す。

「あの女なら、金儲けや園の存続のために、そういう会社を使うことくらいするでしょうね。さ、これで涙をお拭きなさい」

「すみません、どうしても涙が出てきてしまって」

彩芽が背中をさすりながら慰めた。

「好きなだけ泣いてください。ここには私達しかいないですし。ごめんなさいね、辛い内容なのに二度も聞かせてしまって」

昨日につづいて集っているのは、彩芽、敦子、中岡、そして真由の四人だった。不思議なもので、人数は増えたのに、梨乃が欠けるだけで部屋がひどく空いて感じられる。

真由に、婚約者を名乗る男の裏切りを告げたのは敦子である。最初はどうしても信じようとしなかったようだが、録音データを一度聞かせると、その場で泣き崩れたという。プロポーズを一度は受けたものの、相手の気持ちが本当には自分にないのではという疑いが、ずっと胸の奥でしこっていたそうだ。

「私のことも、沢村さんのことも騙していたんだから、園長も神崎も、詐欺で訴えられますよね？」

真由の声は哀れを誘うが、彩芽が調べた限り、神崎と名乗った男を訴えて勝てるかは微妙なところだった。特に敦子の場合は、肉体関係を結んだわけでもないし、交際や結婚など、何も具体的なことを提示されたわけではない。もちろん、こちらの団結の和を乱して開園を阻止する狙いはあっただろうが、行為そのものとしては、敦子親子に乗り物や食事をご馳走し、梨乃の経歴詐称を指摘してみせただけである。花村にしても、明確に結婚詐欺を依頼したわけではないだろうから、詐欺罪に当たるかどうかはわからない。

いずれにしても、弁護士になった学生時代の友人に相談してみるつもりだった。

「許せない、園長もあの男も、細切れに刻んでやりたいくらいです」

敦子のような理性的な女が言うとかなり怖いが、気持ちはよく理解できた。敦子自身のこともさることながら、愛娘《まなむすめ》を園の犠牲にされたという怒りは相当のものだろう。

「私、園長にパワハラされて、神崎に騙されて、泣き寝入りするしかないんですか？」

真由の人のいい発言に、敦子がまなじりをつり上げた。

「そんな甘いことじゃ、また花村園長みたいな魔女に搾取されるだけですよ。気をしっかり持ってください。それに、私達にはこの録音データがあるってこと、忘れないで」

言葉は冷たいようだが、響きの芯には本心からの励ましが感じられた。真由に対しては複雑な感情もあるだろうに。敦子のこういう素朴さを彩芽はかなり尊敬している。それに、少し前から感じていたのだが、敦子は出会った頃の受け身な印象から、ずいぶんと積極的な性格に変わってきたようだ。いや、もともとはこちらが素なのだろうか。

敦子の言葉を継いで、彩芽は真由に語りかけた。

「悪評を流されて改めて痛感したけど、園って、評判がすべてなの。根拠がなくても妙な口コミが湧くだけでダメージになるのよね」

中岡と喧嘩別れをした時、悪い口コミを書くつもりはないかと、機嫌をうかがうように尋ねられたことを思いだす。

「その通りよ。こんな音声データが流出しちゃったら、向こう、どうなっちゃうのかしら？」

にんまりと口角をつり上げる中岡が、なぜか花村と重なって見える。もしかしてまずい人間を味方に引き入れてしまったのではないかと焦ったが、気がつけば、彩芽を除く敦子、真由、中岡の三人は皆似たり寄ったりの悪女顔になっていた。その顔つきを順番に眺めているうちに、彩芽は自らの口角も上がっていくのを感じた。

女って業が深い。でも、素晴らしく楽しい。

「どうやら、皆の気持ちが一致したみたいね。こうなったら、きちんと双方話し合いの場を設けましょう。園としては、今後一切の嫌がらせや妨害をやめてもらうことでいい？　たとえば相手の園に閉鎖を求めるなんて強硬手段もあると思うけど、子供達に影響が出るのは避けたいし」

「閉鎖は、しないでほしいです。園の子達は皆いい子達ですし、保育士達も、パワハラが横行する現場で、必死に踏ん張ってます。私は子供達を守り切れなくて、玲美ちゃんには本当に申し訳ないことをしてしまったんですけれど」

玲美は、保育スペースで一人、こちらに背を向けて無邪気に遊んでいる。

「そうね、子供達に被害が出るようなことは、私だってしたくないわよ」

中岡は取り繕うように言ったが、手ぬるいと思っているのは明らかだった。実際にワオ・ガーデンから被害を受けた敦子も不穏な顔つきをしていたが、ぎこちなく首を縦に振って同意する。

「それじゃ園としての要求は決まったとして。次は個々人ね。真由さんは、何をしてもらったら、この録音データの流出をやめてもいい？　敦子さんも、中岡さんも考えてみて」

三人それぞれが熟考していたが、一番最初に口を開いたのは敦子だ。

「神崎には、丸刈りにして謝罪してほしいです」

喉を潤すために飲んでいた水で、彩芽はむせそうになった。

「ごめん。でも、そんな部活内のけじめみたいな罰で、いいの？　もっとこう、ない？」

「強い罰を与えるって、相手の人生にそれだけ深く関わるってことじゃないですか。だから、そのくらいの罰でいいんです。一刻も早く、離れたいですし。それに多分、神崎ってすごくナルシストなんですよ。だから、あのナルっぽいウェービーヘアを丸刈りにするだけで、後々まで屈辱感に苛まれると思うんです」

根暗な笑い声を漏らす敦子に、それ以上かける言葉はなかった。

「真由先生はどう？」尋ねると、真由先生は案外きっぱりと言い切った。

「私は、二人からお金がほしいです。再出発の資金として四百万円。これって、結婚詐欺で請求できる慰謝料のぎりぎり高い金額みたいで」

これほど泣きながら、調べることはきちんと調べていたらしい。素晴らしい。きっと真由はそう時の経たないうちに笑えるようになるだろう。

「中岡さんは？」

「あの女の園長辞任よ。それだけじゃなく、今後園の経営には一切関わらないという念書を書いてもらいたい。そうじゃなければ、園の保育士も子供達も親達も、被害を受け続けるもの」

「そうですね。確かに、園長が代われば、園も改革が進むきっかけになるでしょうね」

覚悟はしていたが、かなり気力を消耗する戦いになりそうである。

今この場に梨乃がいてくれたらと、改めて思わずにいられない。

あの、おっとりとしているようで、得体の知れないエネルギーの持ち主がメンバーにいるといないでは、チームとしての厚みに天地の差がある。第一、この保育園の骨子の大部分を考えてくれたのは梨乃なのだ。彼女抜きの商店街の保育園は、果たして同じ園なのだろうか。

知らずに敦子をじっと見つめてしまったらしい。気まずそうに目をそらした姿を見て、敦子もまた、彩芽と同じことを考えていたのだと直感する。

「ところで、梨乃さんとはもう話し合ってくれたの？」

思考が伝染したのか、中岡が尋ねてきた。

「詐欺だったことには、変わりないですから。あんな正体の知れない人と一緒に働くなんてできません」

自らの思いを振り切るように、敦子がかたくなな声で告げる。その声に、知らずに傷ついている彩芽がいた。

「神崎みたいな詐欺師に欺《あざむ》かれたんだし、気持ちはわかるんだけど」

生きていたら、どこかしらで嘘をついてしまう時って、ない？

彩芽もまた、梨乃と同じように自分の立場を偽っているのだ。しかも相手は、姑である。同じことをしているから、梨乃がどれくらいの勇気を出して打ち明けてくれたかわかる。もっとも彩芽の場合、そこまでの罪悪感もないまま姑に嘘をつきつづけてきた。その場その場でしのいで、相手が帰るまで騙しおおせればいいと思っていた。いずれ保育園の仕事が軌道に乗ったら、会社を辞めたことをさらっと報告してそれでお終《しま》い。

でも、それでいいのだろうか。自分はずっと、女は家にいて育児をして一人前という姑の価値観の押しつけにへらへらと笑い、受け流して生きるだけなのだろうか。

夫の顔を立てるという建前の元に、自分はただ逃げてきた。完璧な夫の持つ唯一のアキレス腱《けん》だと斜に構えながら。

あの夜、嘘を打ち明ける梨乃を場違いにまぶしいと感じていた。不思議と怒りも感じなかった。それはきっと、気持ちがわかっただけではなく、彼女が自分の魂の声にごく正直だったからだ。

私も、ぶつかってみようか、あの手強い相手に。

敦子が変わった。梨乃もこの関わりの中で確かな転機を迎えた。

自分の中で、意図せずに変わっていた何かの姿を、ようやく彩芽は捉えようとしていた。

そっと自宅の玄関扉を開け、他人の家のように気を遣うリビングへと足音を忍ばせて近づいていった。中をのぞき込むと、悠也がすでに帰宅しており、塔子が驚くほど柔らかな表情で悠宇にミルクを与えている。

自分がこれから立てようとしている波風に彩芽の全身が粟《あわ》だったが、決して武者震いではない。これまでのキャリアなどまるで無意味な人生の一場面に、ただ怖じ気づいただけである。

それでも、言おう。梨乃と対等に話し合うには、自分も梨乃のように嘘を清算しなければならない。潔癖な決意を胸に、「ただいま帰りました」と声を発した。

「あ、おかえり」悠也がこちらに気がつき、穏やかな笑顔を向けてくる。

「あらあら、今日もずいぶんと遅くまでかかったのねえ。ほんとに、母親の仕事をなんだと思っているのかしら。悠宇ちゃんは、ばあばのことをママだと勘違いしちゃうわよねえ」

それだけは勘弁願いたい。

早くも挫けそうになったが、このままの勢いで告げなければ、そのまま明日を迎えてしまいそうだった。ソファに腰掛ける姑の前へと近づき、同じ視線の高さまでしゃがみ込む。

「お義母さん、私、もう会社員じゃありません。今は無職ですが、新しい保育園を起ち上げようとしている最中です」

言った。頬に熱を上げる彩芽とは反対に、塔子はゆっくりと無表情になっていた。

「悠也、この人、何を言ってるの。あなたはこのことを知っていたの？」

「え、いや、僕は——知ってた。ごめん、母さん」

「そう。二人して年寄りを騙して笑っていたわけね。何、どうしたの？　ご自慢の会社をクビにされたの？　そのショックで頭がおかしくなって、保育園をつくろうなんて考えになったの。あなた、生まれたばかりの子がいるのよ!?　お乳を求めて泣いている子供を放って、他人の子を預かる施設をつくろうとしてるなんて正気なの!?」

相変わらず舌鋒《ぜっぽう》鋭い義母である。

「いい機会です。そんなものは他の人に任せて今すぐ専業主婦におなりなさい。前々からそうするように言ってるでしょう。仕事なんて辞めていれば、もっと早くに子供を授かったはずですよ。悠宇だって、どんな母親でも、そばにいてくれるほうが安定した子に育つはずです、そう、きっと、多分ね」

最後のくだりは言いながら疑念が湧いたのか、尻つぼみになっていく。だが、母親信仰の強い塔子から今のようなことを言われるのは想定していた。

「母さん、僕も彩芽の挑戦を応援していたんだ。これは、沢山の親達を救うことになる試みなんだよ」

「沢山の親なんて関係ありません！　悠宇の母親は、彩芽さん一人だけなのよ。せめて三歳まで自分の子といっしょに過ごせないの？　初めてしゃべったり、立ったり、歩いたり、歯が生えたり、走れるようになったり。求められるだけ、子供に与えてやりたいとは思えないの？」

思えない自分は、やはり母親として欠陥品なのだろうか。

俯きかけた時、悠也が再び割って入った。

「三歳信仰は科学的根拠のない迷信だよ。僕自身も三歳までの記憶なんてないし、母さんだっててないだろう」

「黙らっしゃい。子供は突然、四歳になるわけじゃないの。三歳までの変化に富んだ時期はそれだけ大切ということよ。彩芽さん、あなたの仕事とやらは、悠宇の成長を見守る時間よりも意味のあることなの？　悠宇があなたを求めるより強く、あなたの仕事は世間に求められているの？」

わからない。彩芽は唇を嚙む。

自分のやっていることは、独りよがりかもしれない。現時点では、園児の応募さえも僅かしかないのだから。それでも、やらなくてはと思った。自分らしいと思う道を選ぶ両親に、世間のバックアップのなんと頼りないことか。特に母親達を支える体制の脆弱《ぜいじゃく》さに憤りを覚えた。数少ない選択肢の中に、息子を積極的に預けたくなる園が見つからない。その状況も変えたかった。この歪んだ世界を変えるために立ち上がる背中を、悠也だけでなく悠宇にも見守ってほしいと思うのは、ただのエゴなのだろうか。

たぶん、違う。違うと信じるしかない。

「わかりません。でも、一つだけわかることがあります。悠宇は、私達の子供は、私達がこういう両親だとわかって、やってきてくれたということです。悠宇が宿った時、理屈でなく、両親のことも生まれてくる時期も、悠宇自身が選んで来てくれたんだという確信があったんです。お義母さんにもそういう気持ち、なかったですか？」

お腹の中には、無垢《むく》な赤ん坊ではなく、自分より成熟した神聖な存在を預かっているような気持ちがしばらく消えなかった。この相手は、すべてを承知でやってきたのだと、出産間際まで折りに触れて思っていた。

悠宇はまだ塔子の腕の中で一心に哺乳瓶に吸い付いている。人間というより神様に近いような清らかな顔に見入っていると、ミルクを飲み終えて満足したのか、ぷっというおならとともにお決まりの異臭が漂いはじめた。

「あらら、おむつを替えようね」

塔子の手から悠宇をごく自然に取り戻し、おしっこをかけられないよう細心の注意を払いながら、おむつを手早く替える。手早く、替えられるようになったのだ。自分も、遅々としてはいるが、母親として少しずつ育っていると信じたい。

「お義母さん、私、子育てに専念するママ達を否定なんてしていません。それどころか、心底、尊敬しています。でも、私はそれを選べないんです。この先、悠宇の笑顔を見て、自分が取りこぼしている時間の貴重さに、自信が揺らぐこともあると思います。それでもやっぱりワーキングマザーでいることが、悠宇にとって一番いい母親の背中を見せることだと信じてます」

きゅっと、汚れたおむつを入れたビニール袋の口を結ぶ。

塔子はしばらく黙っていたが、「勝手にしなさい。私は助けないから」と言い捨て、寝室へとこもってしまった。

「ごめん、悠也。私、どうしてもお義母さんに一度ぶつからなくちゃって、そういう気持ちになっちゃって」

立ち尽くす悠也に頭を下げる。

「いや、僕のほうこそごめん。ちゃんと間に立ててなくて。彩芽の気持ち、誰よりもわかってたはずなのに、つい母さんのことばかり優先しちゃったし」

「ううん、離れて暮らしてるんだし、こんな時くらい当然だよ。ちょっと話を聞きに行ってあげて。初めて私から反論されて、多分、ショックを受けてると思うから」

塔子の世代には、反論する嫁などテレビドラマの中にしか存在しなかっただろう。しかも、今の彩芽の発言は、塔子の子育てを真っ向から否定したと受け取られかねないものだった。

「悪い、ちょっと行ってくる」

頷いて悠也を送り出す。勝手かもしれないが、息子には、父親と同じように親想いに育ってほしいとも願ってしまう。

翌日、朝から塔子はスーツケースをこれみよがしに玄関へと出し、「そろそろ東京も暑くなってきたし、お父さんのところへ帰るわ」と憮然《ぶぜん》とした顔で告げた。

どうやら気持ちは伝わったのだと安堵していたが、見送った駅で放たれた言葉はふるっていた。

「将来、悠宇がグレて苦労するのはあなた。その時に泣きついてきても手遅れですからね」

「この子は絶対にグレたりしません。させません」

言い返すと、「当たり前でしょう、私の孫なんだから」とつまらなそうな表情をする。食えない。

「ただ、一つだけわかったことがあるわ。女を見る目だけは、母親がつきっきりで頑張っても養えないものよ。あなたも、覚えておきなさい」

ここまで口が達者なら、当分、健康面での心配もないだろう。二十年後もかくしゃくとしていそうな姿を思い浮かべ、顔に無念さが滲まないよう気をつけたつもりだが、自信は持てなかった。

でもこれで、梨乃さんと対等になれたのよね。

遠ざかるぴんと伸びた背中を眺めながら、彩芽は静かに覚悟を決めていた。

*

七月を迎え、いよいよ開園まで一ヶ月を切ってしまった。カフェバウスを取り囲む植栽も、強い日差しに照らされて緑がしたたるようである。

「ああ、ぶう！」

悠宇が、表情筋を不器用に操って、なんとか笑い顔をつくろうとした。テーブル席につき、お尻を軽く叩いてやりながら、彩芽は出入り口に向かって、空いているほうの手を勢いよく振った。

「すみません、お待たせしました」

「いいの、私も今さっき来たところだから」

待ち合わせの相手は梨乃だ。ふっくらとしていた頰が少しやつれて、そこはかとなく漂っていた謎めいた雰囲気が、今はほんの少し薄れている。

「どうなりましたか、園児の募集は？」

着席するかしないかで放たれた言葉に、彩芽はようやく梨乃の真の姿を捉えられた気がした。この相手は、真性の仕事人間なのだ。それが、家庭にこもって育児に専念しているうちに、行き場を失った仕事熱は内にこもり、沈殿し、発酵して、日々、自らの情熱の酒に酔っ払ったような状態で生きていたのではないだろうか。その結果が、素性を偽るという暴挙だったのだ。

「商店街の人達や、敦子さんの新しい就職先の社長さんや社員の方のお子さんなんかが応募してくれて、何とか目標の三分の一は埋まりそうだよ」

「つまり、全然足りてないんですね」

「うん」こんな時こそ、知恵を借りたい人間がそばにいないのだと恨み言をぶつけそうになり、どうにか口を閉じる。

「保育士さんは？」

「そちらもまだ全然足りないの。今のところ、二人は何とかなりそうなんだけど。一人は中岡さん」

「もう一人は？」

決まってるじゃないの、という言葉を飲み込んで、彩芽は静かに告げた。

「梨乃さん、戻ってきて。うちの園は、あなたがいないと」

梨乃は、小さく口を開閉したあとで告げた。

「私、お二人を騙してたんですよ。第一、敦子さんが納得しないと思います」

「簡単じゃないと思うけど、話せばわかってくれるよ。それに、梨乃さんが戻ってくれないと中岡さんも参加してくれないんだよ？」

「でも、彩芽さんだって嫌じゃないんですか？　嘘をついていた相手と働くなんて」

「嘘、ついてなかったじゃない」

彩芽の声に、梨乃が訝しげに首をかしげる。

「少なくとも、梨乃さんが考えてくれた園の企画には、ちっとも嘘なんてなかった。どれも保育士として本気の、本音の、正直な企画だったでしょう？　だから私達だけじゃなく、商店街の人達をも動かすことができたんだと思う」

「もしかして、私のことを許してくれようとしてるんですか？」

「許すも許さないも、実は私、梨乃さんと同じことを義母にしてたんだよね」

家庭の事情を打ち明けると、梨乃は目を丸くするやら、吹き出すやら、溜息を漏らすやら、表情を忙しく変えた。

「だから私には梨乃さんを責めることなんてできないし、心から戻ってきてほしいと思ってるの」

「それは、そうできたらどんなにいいか。でも、敦子さんは同じ気持ちじゃないですよね」

「まあ、謝るしかないよね。こういう場合」

彩芽も、この事態を動かすために色々と知恵を絞ってはみたものの、結局、出た結論はシンプルなものだった。

謝るしかない、許してもらえるまで。

「敦子さん、少し頑なになってるけどね。でも、雨降って地固まると言うじゃない？」

自らをも励ますように言ってみたが、花村園長達との決戦を前に、なかなか痺《しび》れる一山になりそうだった。

◇敦子

せっかくの有給休暇中である。一人、海を見に来た。

などという贅沢はできるはずもなく、玲美を連れて、区をまたいだ広い公園へとやってきた。商店街での買い物で入園割引チケットが手に入ったのである。有料だけあってよく整備された広い芝生の広場があり、梅雨も終わりに近づいた晴れ間に、ピクニックを楽しむ親子連れの姿が見られる。平日の午前中に親子一緒ということは、未就園児か、認可園に落ちて仕方がなく家庭保育を余儀なくされているかのどちらかだろう。

「ここにいるおともだちもみんな、れみのほいくえんにくればいいのにね」

玲美が、未だ応募の少ない保育園の事情を慮った発言をするのが切ない。ピクニックシートを敷いてお弁当を広げると、母娘の間を、久々に感じる乾いた風が吹き抜けた。

「おいしそう！　ママとピクニックしてるね」

たいしたお弁当ではない。凝ったおかずも、キャラクターを模したおにぎりもない。冷凍食品で埋まった手抜きのお弁当を持って出ただけなのに、こんなにも喜んでくれる娘に、あらためて申し訳なさでいっぱいになった。

「今まで、いっぱい我慢させてごめんね。もうワオ・ガーデンに行かなくていいから」

「うん、でも、もうすぐママたちのほいくえんにいけるし、へいきだよ」

神崎の詐欺を知ったあとも、こちらがすべて把握したことを気取られないよう、真由先生はワオ・ガーデンへの勤務をつづけている。玲美のことも心情的には登園させたくなかったが、玲美自身が休まないで行くと逞《たくま》しいことを言い出した。もう、蕁麻疹も出ていない。

「おいしいね、たまごやき」

「ほんと？　ちょっと形が崩れちゃったけど大丈夫？」

「うん。たこさんウィンナもおいしい」

「良かった」こんなもので喜んでくれるなら、もっと頻繁に休みを取れば良かった。

あれほど気を遣っていた会社からは、結局、最後に冷たい仕打ちを受けたのだし。

これまでなら怒りを抑え込もうとしていたが、今の敦子は、なるべく怒る自分を肯定するようにしていた。怒って、怒って、怒りまくる。それでいいのだ、という勇ましい気分がなぜかずっと消えない。

もちろん、怒るだけではない。

青空のもとで玲美とお弁当を食べる。ささやかだが、心満たされる時間を、もう決して諦めないで生きよう。

密かに心に誓う敦子の胸に、可愛らしい声で鋭い質問が飛んできた。

「ねえ、りのせんせ、ほいくえんをやめちゃうの？　かいとくんたちもこないの？」

「それは──」

玲美が、上目遣いになる。青空のもと、満ち足りた顔をしている敦子の様子をうかがい、

「ママがおこってるから？」

今がその時と繰り出された質問なのだと悟る。自分の娘ながら、計算の確かな子である。

玲美なりに真剣に尋ねてきたのだと思うと、適当に誤魔化したくはなかった。

「うん、ママが怒ってるから。でも、ママが怒ることは悪いことじゃないんだよ。ママが怒っちゃうようなことを梨乃先生がしたんだよ」

「うそついたこと？」

「そんなこと、誰から聞いたの？」

驚いて尋ねると、ピクニックシートのすぐそばに咲いていたシロツメクサを摘みながら、玲美が答える。

「かいとくんが、ママがみんなにうそをついてるとおもうって」

子供は大人が思う以上に状況を理解しているというが、想像を超える認識力に感心してしまった。

「そう、海斗君、ちゃんとわかってたんだ」

「うん。あとね、ママはほんとはおしごとしたいんだけど、かいとくんがいるからやめちゃったんだっていってた」

「え!? それは違うと思うよ」

梨乃が仕事を辞めたのは、海斗の父親や義実家に反対されたからであり、決して育児のせいではない。

「ママ、れみは、りのせんせ、だいすきだよ。だって、りのせんせって、すごいんだよ。なんでもおりがみでつくれるし、おもしろいおはなしたくさんしってるし。ほかのこもきっとすきになるよ。ねえ、ママ、りのせんせのこと、ゆるしてあげて」

急にピクニックに行こうと言い出したのは、玲美だった。働く敦子に遠慮してか、四歳にして滅多にわがままを言わない子だ。敦子の記憶にある限り、乳児だった頃は別にして、幼児になってからの大きな頼み事は、これまで一つのみ。ワオ・ガーデンに通いたくないということだけだった。

それでもしばらく、呪縛《じゅばく》にかかったように、自分は玲美のために動こうとしなかった。

こんな親でも締めず、こうして頼んでくれたのに、また子供の声を無視していいのだろうか。

でも、人を騙すなんて。

反射的に、神崎の顔が浮かんでくる。やはり許せないと思う。だが許せないのは、園なのか、神崎なのか、梨乃なのか。もはやわからない。

契約解除を宣言されて、出口がないような気分になっていた夜、わざわざ敦子を心配して近くまで尋ねてきてくれた。友達ができたのだと、騙されているとも知らずに感激してしまった。固く閉じていた扉を開いてしまった。子供だってこんなに懐いていた。

同僚を失ったというだけではなく、友人を失ったという思いが消えない。皆で仕上げた保育園を訪れる度に、何かが足りない気がしてしまう。

自分でも、もう会いたくないのか、戻ってきてほしいのか、混乱したまま。

「りのせんせと、もっともっとあそびたい」

ぽつりと、玲美が呟く声に、親としての自分と、一個人としての自分がせめぎ合った。

黙ったまま公園の風に吹かれていると、玲美が自宅から持ってきた水筒のカップに麦茶を注《そそ》いで差し出してくる。

「ケンカしたときは、ちゃんとおはなししたら、なかなおりできるかもよ」

「うん」

それ以外の返事を、ついに見つけられなかった。

メッセージを出す、出さない。先ほどから迷ったまま、時が過ぎていく。

玲美は昼間たっぷり日差しを浴びたせいか、いつもより一時間も早く寝入った。

「私のためでもあの人のためでもなく、玲美のためだよ」

自らに言い聞かせるように呟くと、ついに梨乃に宛てたメッセージを打ち込んだ。

『ご無沙汰しております。突然ですが、お話があります』

このままでは果たし状のようである。しばらく悩んで、一文を付け足した。

『ご無沙汰しております。突然ですが、お話があります。何を話していいのかわからないですが、とにかく一度、お話をしたいと思います』

支離滅裂な文章のまま送信した。気がつくと手の平が湿っており、散々運動したあとのように、眉間に疲労が蓄積している。敦子自身も、日差しをたっぷりと浴びたのだ。お日様の力を借りて、送信ボタンを押せたのだという気がした。

「もう、寝よう」独りごちて、無垢な表情で眠る娘の隣に倒れこんだ瞬間、枕元に置いたスマートフォンが、ぴこんと音を立てた。まだ湿ったままの手で端末を手に取り、久しぶりの送信者の名前にじっと見入る。

『こちらこそ、ご無沙汰しています。私はいつでも大丈夫です。敦子さんのご都合をお聞かせください』

なぜ泣けてくるのか、自分でもよくわからなかった。

＊

カフェバウスを訪れると、すでに相手は椅子に腰掛けていた。玲美が、まず梨乃へと駆け寄っていく。

「りのせんせ！」

なんのためらいもなく腰の辺りに抱きつくと、梨乃も泣き笑いのような顔で玲美の背中に腕を回した。

「ね、あとであそんでくれる？」

「うん、でもまずは大事なお話してからね」

玲美は頷いたあと、すでにキッズスペースで遊んでいた海斗のそばへとはしゃいで近づいていく。

「少しお待たせしましたか？」

ぱっと立ち上がった梨乃は、やや表情をこわばらせていた。

「いえ、私達も今来たところなので」

それ以上、何も言葉が出てこない。

「座りましょうか」ようやく口にすると、互いに着席した。

沈黙を破ったのは、梨乃のほうだ。

「今日は、声を掛けてくださってありがとうございます。本来なら、もうお会いすることもできないと思っていたので、とても驚きました」

「いえ。私自身も驚いています」

何を言っているのだろう、私は。冷静に自らを観察する自分を感じている間も、舌が独立器官のように動くのをやめない。

「あなた達と出会ってから、どんどん自分がおかしくなっちゃって。本当は、何を話すべきかわかってないのに、会う約束なんてする人間じゃないんです。もっと遡《さかのぼ》れば、泥船かもしれないっていう危うい船に、わざわざ乗ってみるような、そんな馬鹿なことをする人間じゃなかったんです。それなのに」

違う。こんなことは言いたいことの周辺で、核ではない。もっと単純で、もっと簡素な一言が絶対にあるのに、見つからない。

いつも他人との間にうっすらとした壁を知覚していた。しかし、最も壁があったのは、自分自身に対してなのではないだろうか。今、この大事な場面で、自分の声にたどり着けない自分に、失望してしまう。

絶句した敦子に対し、梨乃は迷うような表情をしたあと、ゆっくりと頷いてみせた。

大丈夫、ゆっくりで大丈夫、敦子ちゃんにならきっと言えるよとでも訴えているような保育士然とした表情に、この状況を忘れて、一瞬呆《あき》れる。

そういう底の知れない包容力を大人にまで向けていると、どうしようもないクズとか、病んで受け止めきれない相手を誘蛾灯《ゆうがとう》みたいに引きつけちゃうから、用心したほうがいいですって。

梨乃と接しながら、何度か言いそうになっては、そこまで踏み込む仲ではないと思いとどまった言葉である。いや、これまで、そんなことを伝えるような友人がいたこともなかったから、そもそも距離感がよくわかっていなかった。

それでも、ようやく他人との密な関係に慣れてきたところだった。壁をほとんど取り払いかけていた。だから余計に、神崎や梨乃の嘘が堪えたのだろう。仰向《あおむ》けになってさらけ出した腹に、無慈悲な一撃をまともに食らってしまった。

心の芯で麻痺《まひ》していた部分が、だんだんと感覚を取り戻していく。同時に、シンプルな怒りが胸いっぱいに広がった。

「友達に、あんな嘘つくなんて酷いですよ」

声が震えている。同時にようやくわかった。自分は、この一言をぶつけたかったのだと。

もはや、保育園のことなど関係ない。子供がケンカをしているような、この単純な言葉こそ、怒りの核に位置する叫びだったのだ。

梨乃が、一瞬、ぽかんと口を開けたあとで、表情を歪ませた。いつものようなミステリアスさはかき消え、心細げに瞳を揺らしている。鏡で確かめることはできないが、自分も似たような顔を晒している気がした。

「ほんとに、ごめんなさい」

「そんな風にひょいっと頭を下げて手放せるくらいの夢に、私達を巻き込んだんですか？ほんとに保育士に戻りたかったら、もっと食らいついてくださいよ。簡単に、去っていこうとしないでくださいよ」

ああ、何を言っているのだろう、私は。

混乱しているのに、言葉は飛び出していくのを止めない。

「全部これからなんですよ。もっと頑固に意志を貫いて、経理を困らせてくださいよ。いっしょに知恵を絞って、子供達を笑顔にしてくださいよ。やること、溢れてるんですよ」

言いながら、視界が滲んでいくのが悔しかった。

梨乃がぱっと顔を上げて、小さな声で尋ねてくる。

「いいんですか、戻っても」

「だから、そう言ってるじゃないですか」

嘘をついたのは相手なのに、なぜ自分が泣かなくてはならないのか。しかし、それも短い間のことだった。少し離れた席から、鼻を啜る音が響いてきたのである。

「彩芽さん？」

思わず呟いた敦子に、梨乃が頷いてみせる。

「みたいですね。今日、敦子さんと会うことは伝えていたんですけど、あそこにいたのは気がつきませんでした」

「え、それじゃ、私抜きで二人はもう話したんですか!?」

「はい。彩芽さんも、戻ってきてほしいって言ってくれて」

彩芽は今や声を上げて泣いており、周囲の客が不審な目を向け出している。一花が、気を遣って彩芽にサービスらしい飲み物を差し出しているのが見えた。

「前々から思ってたんだけど、彩芽さんって、ちょっと面倒くさいですよね」

「あ、それ、わかります」

盛んに肩を上下させる背中を眺めたあと、梨乃と目が合い、同時に吹き出してしまった。

「そろそろ、慰めにいったほうがいいですかね」

梨乃の声に、「ですね」と頷いて敦子も立ち上がると、二人して、怪しいしゃくり上げ女のそばへと近づいていった。

「そういうわけで、お聞きの通りです」

立ったまま二人で声を掛けると、彩芽は泣き腫らした目を恨めしげに向けてくる。

「どうやって二人を会わせようとか、色々考えて、悩んで、ここ最近ずっと睡眠不足だったのに、あなた達ときたら、勝手に会って、勝手に仲直りして。私の苦労はなんだったわけ？」

「すみません、何もかも私が悪かったんです」

梨乃が縮こまる。

「そうだよ、梨乃さんが悪いよ！　もう絶対に、脱けるとか言わないでよ」

再び泣き出す彩芽はやはり、少し面倒くさい暑苦しさを放っている。

「ワオ・ガーデンとの決戦も控えてるんだから。梨乃さんなしで、どうやってあの二人と対峙《たいじ》しろっていうの」

そうだ。次は、花村園長と神崎と顔を突き合わせなければならない。考えるだけで、足がすくむ。だがそれは、一人で会うことを想定した場合だ。

今、敦子達は再び三人、いや、中岡を加えれば四人になった。

負ける気が、しなかった。

◎梨乃

保育スペースにもカフェスペースにも、造作家具やインテリアが運び込まれた。レイアウトを手伝っているのは、やはり藤和を始めとする商店街の面々や、大切な子供達を託してくれることになった親達である。その中には、晃の姿もあった。

「すいません、この配線って、どうにか上手く隠せないですかね」

内装を手がけてくれた商店街の工務店の大工に張り切って尋ねているのだが、その姿が少し前までの気取り屋とは思えなかった。首にタオルを巻いているのである。

「そんなの先に言ってくれねえと無理に決まってるだろうが」

年嵩《としかさ》の大工にどやされても何とか方策はないかと食い下がる姿に、笑みがこぼれた。

「あ、江上さん、それだったらこういう方法はどうですかね？」

近づいてきたのは、寝癖のついた髪に黒縁眼鏡の、ぼさっとした印象の若者——池内だ。

しかし、眼鏡の奥に並ぶ一重の瞳をよくのぞき込むと、年に似合わない落ち着きと懐の広さに気がつく。池内は、敦子の新しい就職先の社長で、今、梨乃にまとわりついている雄《ゆう》大《だい》の父親でもあり、さらに、園の新しい出資者でもあった。敦子から園のコンセプトを聞くなり、敦子達に会いに来て、出資を決めてくれたのだという。今回運び込まれた内装やおもちゃ類は、池内の援助により揃えられたものだった。

中岡の専門分野でもあるモンテッソーリ教育に必要な教材もふんだんにそろい、年齢別の絵本類もかなり豊富になった。泣き泣き諦めることにしたエレクトーンも、保育室の片隅に立派なものが収まっている。

池内だけではなく、この場所をベースに、様々な縁がつながりはじめていた。たとえば、藤和刀剣店の古びた怪しい店舗も、商店街の保育園を手がけてくれた同じ工務店がリノベーションすることになったし、その際、昨今、流行中の刀剣女子なる存在にアピールできるようアドバイザーを務めることになったのが、これまた池内である。さらに、晃の前職に目を輝かせた池内は、自らが営む別会社にポストを提案してくれたのだ。

まさか子供達の保育園が縁で再就職先が見つかるとは、と晃は笑っていた。

「あとは、園児だけなんだよね」

これが、圧倒的に足りない。原因は、流された悪い噂に加え、開園時期のタイミングの悪さと利用しづらい料金設定だと思うと晃に相談すると、冷静な回答が返ってきた。

「でも、おそらく、そろそろ大丈夫だと思う」

謎めいた言葉の真意を語ってはくれなかったが、晃は生き生きとした眼差しで自分を信じてほしいと頷いた。

もう夫は、変わってしまったのだと思い込んでいた。一時は離婚まで考えていた。だが自分は夫を侮っていたのだと思う。

試練を通し、彼は生まれ変わった。そして、たぶん自分も。

「いよいよ、今日ね」

中岡がやってきて、壁掛け時計を見つめた。

午後、花村園長達との話し合いが行われることになっていた。

＊

カフェバウスの一角に、当事者達が集まった。衝立《ついたて》で半個室のような形にしてもらったせいか、店内のこの周辺だけ空気が逆立っており、梨乃は、着席した瞬間から息苦しさを感じた。

敦子、彩芽、梨乃、中岡と並ぶこちら側と向き合う形で、花村園長と神崎が座している。

園長は平然としていたが、中岡を認めた瞬間だけ瞳に微かな動揺を走らせた。

「誰かと思えば、ずいぶんと懐かしい顔ね」

「相変わらずあくどいことをやっているっていうから、どんな風に年を取ったのか見にきてやったのよ」

絡み合う二人の視線は激しく、神々の争いのように雨嵐まで呼びそうである。実際、窓の外が急速に不吉な黒雲に覆われ、遠くから獣が唸るような雷鳴が響いて驚いた。

すでに対面の用件はメールで伝えてある。花村園長がこちらを睨み付けた。

「いくら欲しいの？」

「は？」声を出したのは、敦子だ。

「お互い忙しいのだから、回りくどい挨拶など不要よ。そのデータとやらを買ってほしいのでしょう?」

「ずいぶん、焦ってらっしゃるみたいですけど、まずは神崎さんのことを決着つけませんか?　データのお話は、そのあとで」

これは、皆で相談して決めた作戦でもあった。園長を焦《じ》らすことで、より有利な条件を引きだすのが狙いである。

神崎がふてぶてしく、口元を歪ませた。

「俺はただ依頼を受けてそれを遂行しただけだ」

敦子が、梨乃まで足下がすうすうと冷えるような視線を神崎に送る。

「依頼?　依頼とはどういう内容のものです?」

「そこにいる先生が結婚願望が強いみたいだから、それを上手く利用して寿退社させること。あとは、園の内情を言いふらしそうな競合相手がいるから、開園の計画を頓挫させてほしいってこと。中でもシングルマザーで陥落しやすそうなメンバーから突き崩せって」

「わ、私は何も結婚詐欺を教唆《きょうさ》したわけじゃないわよ。ただ、トラブルがないように解決してほしいってお願いしただけ。いいから、データの値段を言いなさいな」

作戦通りに焦り始めた園長の隣で、神崎はこのようなトラブルには慣れているらしく憎らしいほど余裕の表情だ。

「いずれにしても、法を犯すようなことはしていないですよ。こっちもプロだし」

人を食ったような態度に腹が立ったのか、彩芽が弁護士から提供された判例資料の束をテーブルにどさりと置いた。

「私が相談した法律事務所では、そうは判断していません。たとえば、真由さんについて、明らかに結婚を意識させる言動を繰り返していたわけですから、詐欺罪、公序良俗違反に問うことが可能だそうです。今回は音声データもありますしね」

神崎は「会社が受けてたちますよ」と、やはり慣れた様子で返事をしたが、先ほどのようなふてぶてしさはなりを潜めた。神崎より動揺を深めたのは園長のほうである。

「だ、だから私は無関係だって」

「園長も彼がどんな方法を使っていたかを把握していたわけですから、十分責任を問えるそうです」

ダメ押しした敦子の表情は、爽快感に満ちていた。

花村園長が臨界点《りんかいてん》を超えたのか、金切り声を上げる。

「だから、データをいくらで買って欲しいのか、早く言いなさいよ！」

彩芽が溜息をついて間を取った。上手い！　と梨乃は内心で快哉を叫ぶ。

「それじゃ、いよいよそちらのお話を。結論から言うと、お金はいりません。それより、これ以降はうちの園に対する一切の嫌がらせをやめていただきたいんです」

張り詰めていた花村だったが、こちらの甘い条件を聞いて、さすがのしぶとさで浮上したのがわかった。瞳には哀れみさえ浮かべている。

「なんだ、そんなこと。頼まれなくても、あなた達みたいな面倒なクレーマーには、もう金輪際いかなる形でも関わらないと誓うわ」

「それだけじゃありません」淡々と口を挟んだのは敦子だ。中岡と目を合わせ、うなずき合ってつづける。

「保育士へのお教室契約ノルマの撤廃、ならびに園児両親へのお教室への強制の廃止、そして――花村園長の事業からの完全な引退を求めます」

敦子の宣告に、花村の顔全体が赤黒く染まっていく。辺りの酸素が一段薄くなった。

「到底、引退など認められないわ。あなた、私がどれだけの苦労をしてここまで教育の道を切り拓いてきたかご存知？　保育園なんてついこの間まで、ただ子供を預かって遊ばせておくだけの場所だった。そのせいで、幼稚園児に比べて保育園児は乱暴だ、なんて屈辱的な比べ方をされてきたの。そんな保育園を教育の場まで引き上げたのは私なのよ」

「あなたの苦労話を聞きに来たんじゃないし、その苦労を否定するつもりもありません。私にとっては、自分の子が、玲美が、園の利益を上げるためだけに、自己肯定感をすり潰されそうになったということだけが真実です」

「うちの園の特徴は知っていたはずでしょう。どんな園にも合わない子はいるものよ」

居直る花村に、敦子も呆れて声を失ったようだ。だが、梨乃は同じ教育者として黙っていられなくなった。

「お言葉ですが、幼児期の大切な時期に子供の自尊心を守り育むというのは、園との相性以前に、保育士として当たり前の努力じゃないのでしょうか。相性の問題に転嫁して子供を切り捨てるようなご発言は、違うと思います」

あざ笑うかのような花村園長の視線が飛んでくる。

「経歴詐称をしてメンバーに収まった方が、ずいぶんご大層な理想をお持ちだこと」

「自分のしたことを言い訳はしません。それでも、子供達を侮辱するような保育士ではなかった自信があります」

梨乃の声を、中岡がすかさず引き取る。

「そうそう、この人ね、昔から子供達に人気がなかったのよ。子供は敏感だからね。自分を尊重してくれる相手かどうか、すぐに見分けがつくの」

「うるさいわね！　とにかく、こんな脅しまがいの訴えをされても、私は一切、引退するつもりはありません。私は現場に求められているの。それも、園だけではなく、もっと上位の団体でもね。その私にこんなことをして、ただで済むと思わないで！」

彩芽が、敦子や梨乃達に目配せをして頷いた。

「どうしても自主的に引退していただくことはできない、という理解でよろしいですか」

「くどいわね、引退する必要なんてないと言ってるでしょう」

「それじゃ、もう少しこの会への参加人数を増やしましょうか」

微かに、花村園長がたじろいだが、すぐに小馬鹿にするように鼻を鳴らした。彩芽が満を持して衝立の向こうに「お願いします」と声をかけると、列をなした女性達がぞろぞろと入ってくる。

「あなたたち!?」

園長が、パクパクと口を開閉させている。女性達は、真由先生を始めとしたワオ・ガーデンの職員達だったのだ。

「私に黙ってこんな、こんな」

「花村園長、私達、園長に引退していただけないなら、一斉に辞職します」

高らかに宣言したのは真由先生だった。

園長が立場にしがみついて引退に応じないというのは、こちらとしても想定していた事態だった。だから、保育士達の反乱というダメ押しの一手を用意しておいたのである。当初、今回の件を持ちかけた時、保育士達も一枚岩で頷いてくれたわけではなかった。皆、それぞれ生活の事情もあるから当然である。しかし、最終的に協力を約束してくれた理由は、自分達にとって、ひいては子供達にとって、今の環境が決していいとは言えないという事実ゆえだった。すでに火種はくすぶっており、梨乃達はほんの少し風を吹かせるだけでよかったのである。

わなわなと口元を震わせる花村園長に向かい、真由先生がさらに告げる。

「もしも辞職した保育士達の再就職を邪魔した場合、あなたをこれまでのパワハラで集団告訴します」

「――私の進退については、後ほど返事をするわ。色々とあって即答はできないのよ」

だが、敦子は容赦なくつづけた。

「あなたに検討の余地なんてあるでしょうか」

ここしかない、というタイミングで、ついに問題の音声データを突きつけるつもりなのだ。細い指が黙ってスマートフォンをテーブル上に置くと、録音アプリのスイッチを押す。ほどなくして、神崎との生々しい会話が流れ始めた。

「や、止めなさい」

慌ててストップボタンを押そうとするが、操作方法が解らず、結局神崎が押した。

「こういうものが世間に流出したら、そもそも園が立ちゆかなくなるんじゃないですか？」

「ただし」苦い表情で告げたのは真由先生だ。

「園長が園を退任するなら、告訴は取りやめます。もちろん、私個人として、お二人から示談金はいただきますけどね」

「音声データももちろん、お渡ししますよ」

彩芽が、再び迫った。

「退任か、裁判か。どちらがご自分のためか、もうおわかりでは?」

花村園長の顔は今や蒼白だ。自分の母親と同世代の園長に対し、それでもやりすぎだとは思わない。子供達や保育士達を踏みつけにして利潤を得るなど、越えてはいけない一線を、彼女は平気で越えたのだ。

「わかりました。後ほど、こちらの弁護士から連絡させるわ」

ぎゅっと握りしめられていた園長の拳が、ふいに力を解く。

保育園開園に向けて、最大の障害物が取り除かれた瞬間だった。


梨乃は、弾む足取りで玄関チャイムを押し、中へと入った。

「おかえり。どうだった?」

真凜を抱いた晃が、海斗と一緒に、いそいそと迎えに出てくれる。

「うん、大成功だった!」

「おめでとう!」

海斗が、パンと乾いた破裂音を響かせてクラッカーの紐を引いた。

「ありがとう、二人とも」

音に驚いた真凜が泣き出したのを、晃が慌ててあやしている。

これが、少し前までこじれていたあの家の中なのかと思うと、短い間にずいぶんと濃い旅をしたのだという感慨が押し寄せる。

数日前、夜に二人で飲んだ際に「変わってくれてありがとう」と告げると「最初に変わったのは梨乃のほうだよ」という答えが返ってきたのを思い出す。

「俺、かなり焦ってた」

そう言って照れたように笑った晃は、確かに出会った頃の晃だった。

もう、友人達の集まりには無理に参加しない。愛車は売り払ったし、義実家には晃がリストラに遭い、梨乃が働きに出ることを正直に告げた。あの時の義母の蒼白な顔を肴に、断乳した後はかなり美味しいお酒が飲めそうである。

晃がこちらを見て、眩しげに目を細める。

「ママって格好いいだろう？　これから自分達で作った保育園の先生になるんだぞ」

旅の果てに、焦がれるほど夢みていた自分の姿で、家族の前に立っていた。

エピローグ

八月一日、快晴の土曜日。商店街の一角に、手づくりの造花に囲まれた看板が立てかけられた。

『祝・商店街の保育園　入園式』

入園式のない園も多いのだが、彩芽は敢えて式の開催にこだわった。働く親達だって、できれば子供達の大切な節目に立ち会っていたいのだ。

ついにその日を迎えた保育園に、少ないながらも園児とその両親、さらに商店街の人々が、スーツ姿で入っていく。ほとんどが、この保育園の内装のため、一度ならずペンキで手を汚して応援してくれた人達である。

朝の十時とはいえすでに日差しは強く、気温は三十度を超えている。中に入ると、皆、クーラーの冷気にほっと一息ついていた。

彩芽、敦子、梨乃が園児と参列者を入り口で迎え、園児一人一人に「おめでとう」と名前を呼びながら声を掛けた。名前を呼ばれると、照れる子、張り切って返事をする子、親の脚の後ろに隠れる子と色々だが、どの子達も、これから自分達が過ごすことになる園の中をどこか不安げに、そのくせピカピカの瞳で眺めている。

ママ達や商店街のおじさんおばさん達がお茶するカフェや、パパやママが働く場所が隣にある保育園なんて、他になかなかないかもよ。

心の中で話しかけ、彩芽は、仕切りを外してカフェと一体化した保育室を見やった。

均質ではないペンキの塗り跡や、まるで秘密基地のような小さな図書スペース、どうしても取り除けなかった柱を利用したハンモックやブランコなど、皆のアイデアが結晶した遊園地のような室内。

これ以上の保育室も、なかなかないと思うよ。

ふふっといたずらな笑みが漏れる。

園児は合計十名。満員にはならなかったが、ゼロ歳児の枠が、秋以降に三ヶ月、四ヶ月の月齢を迎える園児の予約でほぼ埋まりつつある。

そろそろ大丈夫だと思う、と晃が言ったのは、つまりそういうことだったのだ。復職を急ぐ母親、あるいは父親は、次年度の四月を待たず、今年度中の預け先の確保に奔走する。大抵の園は三ヶ月や四ヶ月の乳児から預かりが可能となっているから、春夏生まれの子供達を保育園に通わせられるのは秋冬からとなるのだが、その時期、ゼロ歳児枠でも空きのある園などほぼ皆無だ。認可園を諦めた母親達が、一人、また一人、商店街の保育園にたどり着き、予約という形で申し込んでくれたのである。さらに口コミが口コミを呼び、一歳児、二歳児の枠も埋まりつつあった。先日は、現在の認可園になじめないという三歳児と五歳児、そして引っ越してきたばかりだという四歳児が一人ずつ申し込んでくれ、今、最前列に座っている。

花村園長は、六月末をもって園長を辞職し、今は一切の役職から引退したという。その影響か、はたまた偶然かはわからないが、引き続き行っている保育士からの応募もぽつぽつと増え始めてきたし、病欠などで保育士がどうしても足りない日には、向かいのワオ・ガーデンに勤務する保育士の中から助っ人を融通してくれるという心強い契約を結ぶこともできた。

スタート時点では、混合保育を余儀なくされる場面も出てくることになってしまったが、中岡曰く「モンテッソーリ教育の観点からすると、いいことだらけよ」という。

理想通りのスタートではなかった。しかし、そのおかげで得られた人脈やノウハウは貴重な栄養素となって、園を潤してくれそうである。

彩芽の胸の中に、一つの決意が熱く燃えていた。それを昨日、皆にも語ったせいで、今日は大事なスピーチがあるというのに喉がやや嗄《か》れてしまっている。

「きっと、今申し込んでくれたパパやママ達は、セカンドチョイスでうちの園を選んだはず。認可がだめだったから、うちを選んだ人がほとんどだと思う。でも、彼らが来年、認可に預けないでずっとうちにお願いしたいって思うくらい、頑張って子供達を幸せにしよう！　両親の代わりになんてなれないけど、それでも、ここを大好きなお家に、商店街を大きな庭みたいに思ってもらおう」

スピーチ原稿は敢えて用意していない。昨日語ったことを、素直にここにいる皆に告げ、感謝の気持ちを伝えられればいいと思っている。

「それでは、第一回、商店街の保育園の入園式をはじめたいと思います。園長、お願いします」

敦子が、マイクに向かって発声した。頷いて、彩芽がマイクの前まで移動する。すぐ目の前に、十名の子供達。大きな子たちは一人で椅子に腰掛け、乳児達は親の腕の中で興味深げな無垢な瞳をこちらに向けていた。

きっとこれから、てんやわんやの日々がはじまるだろう。子供達だって、天使の日もあれば、小さな悪魔のように、癇癪《かんしゃく》で顔を真っ赤にして泣く日もあるだろう。ケンカの仲裁に、育児相談、怪我《けが》に病気に、予算や保育士の人間関係——。それでもなお、今日という日が嬉しい、誇らしい、ただひたすら晴れがましい。

「皆さん、ご入園、まことにおめでとうございます」

素直な気持ちを告げるだけ。だから、この後に続く言葉も簡単に出てくるはずだった。

しかし、美しい子供達の表情と恩人達を目の前にして、まず感動がこみ上げ、次に自分だけがこの場所に立っていることの違和感に包まれた。

　私だけでつくった園じゃないもの。

　園長と肩書きのついているのは確かに自分だが、自分はつくろうと決めただけで、その後はただ助けられてここまで来られた。

「今日、この場所で入園式を開けること、皆さんをお迎えできたことを心から嬉しく思っています。しかしこの日を迎えられたのは、私だけの力によるものではありませんでした。この〝商店街の保育園〟は、私とそこにいる経理コンサルタントの沢村敦子さん、そして保育長の江上梨乃さんとの三人で起ち上げ、さらに開園まで本当に多くの方の手を借りた、まさに手作りの保育園です」

　ここまで告げると保育園をつくろうと思いついたあの冬の日からこれまでの出来事が奔流のように脳裏に押し寄せ、唇が震えはじめた。

　二人とも、来て。もう喋れないかも。

　口元を引き結んで目で強く訴えると、察した敦子と梨乃が、ためらいながらも壇上に上がってきてくれる。梨乃がそっと彩芽の手を握り、敦子が背中に手を添えてくれたことで、ようやく再びお腹に力が入った。

「この場所はまだまだ未完成ですし、さらにこの場所だけで完結せず、商店街全体とつながって子供達といっしょに成長していく園です。その第一歩が、まずは壁のペンキ塗りをみんなで行うことでしたね。一緒にトンカチを使って本棚をつくってくれたお友達もいました。この園は、みなさんと同じまっさらの一年目。歴史のある保育園に比べて、きっと至らないこともたくさんあるでしょう。だから――これからも助けてください。どうぞよろしくお願いいたします」

「お願いいたします！」彩芽と梨乃も一緒に頭を下げてくれたのがわかる。

温かな笑いと拍手が、同時に湧き起こった。子供達も、大人達につられたのかにこにことしながら、拍手をしている。

「お願いされたぞお！」これはきっと藤和の声だろう。

相変わらず、敦子や梨乃の手の平の熱を感じながら、彩芽は大切な忘れ物に気がついて「あ！」と声を発した。逸《はや》る心に急かされ、慌てて言葉にする。

「あの、先日、お送りしたばかりの保育目標ですが、大事なことを書き忘れていたことに、たった今気がつきました」

「彩芽さん!?」敦子が小声で危ぶみ、梨乃が握った手に力を入れた。

「追加の保育目標は、〝夢を描いて、進んでいける子〟です。夢を持つと、必ず笑う人がいます、無理だよと自分で否定したくなる瞬間もやってきます。それでも、夢を描いた自分を信じて突き進む背中を、私は、私達は、保育園をいっしょにつくっていく仲間のみなさんとともに、子供達に見せてあげたい。初心を忘れず、青臭いまま突っ走りたいと思います！」

「いいじゃないですか」梨乃がほっと小さく囁き、敦子が「私はブレーキを掛けますけどね」と苦笑する。

足下の床には、自分達のたらしたペンキの跡が点々とついている。ようやくスタートラインに立ったのだと、なぜかその丸い染みを見て改めて感慨が湧いた。

「えんちょうせんせ、がんばって！」「彩芽、頑張れ！」

再び言葉を途切らせた彩芽に、あちこちから声援が飛ぶ。

もう駄目だと何度も諦めかけた。業界最大手の会社でチームリーダーとして活躍していた頃の自分に比べて、取るに足りない存在になってしまった気がしていた。もう、二度と昇ることはできないのだと。

しかし、今の自分は、まさに昇りかけているのだと思う。皆から輝きの元をわけてもらいながら、理想に向かって昇っている月だ。

自分だけでなく、ここにいる全員がきっと。

子供たちが、皆が、自分が眩しい。誇らしい。

視界がうるみ、彩芽は、今度こそ何も見えなくなった。

解説

吉田伸子（書評家）

「保育園落ちた日本死ね!!!」

これは、二〇一六年に投稿された匿名ダイアリーのタイトルだ。まだ覚えている人も多いかと思う。日本死ね、というインパクトは絶大で、しかもそこに起因しているのが保育園（の入園認定）に落ちた、ということもあり、同じように保育園に落ちた働く母親たちからは、よくぞ言ってくれました！　みたいな声が多数寄せられた。中には、「死ね」という強い言葉を用いたことに対する反感もみられたが、そのことにこそ、私は反感を感じてしまった。そういう強烈な言葉を使ってしまうほど、働く母親にとって、保育園問題がどれだけ切羽詰まったことなのか、わかってんの？　と。問答無用の死活問題だってこと、わかってんの？　と。

かくいう私自身、子どもが〇歳児の時に保育園に「落ちた」クチである。奇跡的に、翌年の一歳児クラスから入園可能になった時は、思わず泣いた。こ、これでまた働ける、と（とはいえ、子どもが超虚弱児だったため、入園初年度から元のように働く、というわけにはいかず、保育園料を日割りにできないものかと、また泣きました）。

本書に登場する北村彩芽は、大手不動産会社に勤務する、いわゆるバリキャリだ。三年間の準備期間のほとんどを責任者としてかかわってきたプロジェクトは来年からようやく始動となる。会社には今年の春に復帰することを約束しているが、それができなければ、チームリーダーとしての彩芽の席はなくなってしまう。手塩にかけてきたプロジェクトから外されてしまうのだ。そのため、まだ乳飲み児の一人息子・悠宇の保育園入園は、彩芽にとって人生の一大事でもあった。けれど、区からの知らせには、「不可」の二文字が、ずらりと並んでいた。

彩芽と同じM区に暮らすシングルマザーの沢村敦子は、一人娘の玲美を私立の認可保育園「ワオ・ガーデン」に通わせている。高倍率の園に入園できたのはいいのだが、ことあるごとに有料オプションの英語学習や知育教室をプッシュしてくることに、複雑な思いを抱えていた。娘の玲美も、そんな園への通園にストレスを抱えていた。

江上梨乃もまた彩芽、敦子と同じ区に住んでいる。元保育士の梨乃は、外資系投資会社勤務の夫、幼稚園に通う海斗と、離乳食も三食になって、言葉も出始めた真凜、の四人家族だ。タワーマンションの高層階、しかもメゾネットに暮らす専業主婦の梨乃。はたからは何不自由なく幸せに見える梨乃だったが、家事・育児に一切参加しようとしないばかりか、ことあるごとに家柄を自慢し、梨乃に専業主婦であることを強いる夫との関係に疲れていた。

この、彩芽、敦子、梨乃の三人が出会ったことで、物語が動き出す。きっかけは、M区のローカルサイト「すくすくキッズ」に彩芽が投稿したことだった。彩芽が付けたハッシュタグ「#保育園落ちた人この指止まれ」には沢山のレスポンスが寄せられ、その流れで彩芽が企画したオフ会に、敦子と梨乃も参加したのだ。この出会いが、やがて彩芽を中心にした新規保育園の立ち上げへ、と繋《つな》がっていく。

本書が絶妙なのは、彩芽、敦子、梨乃の三人それぞれに、世の働く母たちの苦悩を分散させているところだ。彩芽は育児に積極的にかかわってくれる優しい夫（自分が会社を辞めて主夫になる、とまで言ってくれるんですよ！　神か！）がいるものの、保育園問題がどうにかならなければ、会社での自分のキャリアは終わってしまう。悠宇を連れて出かけた先で、専用のダストボックスにおむつを捨てながら、「キャリアも一緒に捨てている気になる」という彩芽のその背中を、そっととんとんしたくなってしまう。

彩芽にはもう一つ苦悩があって、それは義母問題。これがまぁ、こんなによくできた夫の母親が、どうしてこうも「ザ・昭和」な価値観で専業主婦になれ、と迫ってくるのか、不思議なくらい。しかも、しかも、彩芽の夫は、その人柄の良さ、優しさゆえに、彩芽の辛さを知りつつも、母親にはがつんと言えない、という（まぁ、ありがちですよね。でもありがちなので、めっちゃ頷《うなず》けてしまう）。

敦子は敦子で、娘を通わせている保育園の問題の他にも、職場の上司からのセクハラ・パワハラ問題がある。保育園のお迎えは、正規時間から一分でもはみ出せば、一時間ごとに追加料金がかかるのに、退社三十分前にわざわざ二人きりでの打ち合わせを持ちかけてきたりするのだ。「分刻みでスケジュールを管理しているというのに、なぜ下心がむせるほど漂ってくる上司のお守りまでしなければならないのだろう」と心の中でため息ばかりが積み上がる。それでも、契約社員である敦子の命綱を握っているのが、その上司なのだ、という絶望。

とはいえ、こんな上司はきっと世の中に〝あるある〟で、日々、声にできない悲鳴をあげている、第二、第三の敦子はいるのだ。弱い立場につけいれられ、心身を疲弊《ひへい》させつつも、我が子を支えに、今日も一日頑張っているシングルマザーは、きっと敦子だけではない。

そして、梨乃。保育士になるべくしてなったような梨乃の、出産後の復職に対する渇望がどれだけのものだったのか。それを、「冗談だろ？　江上家に嫁いだ人間が外に出て働くなんてあり得ないよ」と夫に一蹴された時の絶望はどれだけのものだったのか。

彩芽のオフ会は、保育園に落ちたママたちが集うものだったので、敦子は娘を保育園に通わせていることを彩芽に申告して参加していたが、梨乃は、自分が専業主婦であることを隠し、「とあるチェーンの保育園が手がける新園を共同経営者として起ち上げることに」

と嘘をついてしまう。「保活に失敗してしまったので、今は下の子を連れて仕事してるんですよ」と。

この時の梨乃の、止むに止まれぬ嘘が、物語終盤で一波乱を招くのだが、そのくだりは実際に本書を読まれたい。

年齢も背景も異なるこの三人が、一丸となって保育園の新設に向かっていく。その過程もめちゃくちゃにいいのだが、それよりも何よりも、保育園作りという目標を持った三人が、それぞれに成長していくところが、素晴らしい。その目標の真ん中にあるのが、ひとえに子どもたち（自分の子はもちろん、働く親を持つ全ての子たち）のため、であることが素晴らしい。そこにあるのは、子どもという、次世代を生きる人たちを育てている全ての人への、作者からのエールなのだ。

もう一つ、本書の美点は、彩芽自身が旗振り役だった、大手不動産会社による〝街づくり〟への疑問を投げかけているところだ。常に変化、進化を続ける東京の街を、別の視点から見直しているのだ。それは、保育園創設に向けて走り始めた彩芽が、会社のエースチームが再開発を手がけた街並みを見て、こんなふうに思う場面に表れている。

「江戸時代からの活気と時代の優雅さが見事に融合しており、会社員時代から大好きだったはずなのに、どこか輝きを失ったように見えてしまった。しばらく歩きながら、街が変わったのではなく、街を見る自らの目が変わったのだと自覚した」

「昔ながらの街並みが根こそぎ失われ、そこに息づいていた人情の通い合いが感じられなくなってしまった」

「街ぐるみで子供を育てられる環境が、どんどん失われていく。それはこの国にとっても大きな損失のはずなのに、自分の会社は、いや自分は、率先して環境破壊を続けてきたのではないか。孤独な母親をつくり出してきたのではないか」

こんな視点が、さりげなく物語に織り込まれていて、しかもしっくりと物語の主筋に沿っているのだ。

「ないものは、つくればいいのだ」という彩芽の思いつきで始まった、保育園作り。どんな保育園が出来上がったのか、どうぞお楽しみに。お仕事小説であり、女三人の友情小説であり、保育園（新設）小説でもある本書。読み応えは保証いたします！

二〇二三年　四月

この作品は2020年9月徳間書店より刊行されました。
なお、本作品はフィクションであり実在の個人・団体などとは一切関係がありません。

徳間文庫

月《つき》はまた昇《のぼ》る

2023年6月15日 初刷
2024年9月30日 2刷

著者 成《なり》田《た》名《な》璃《り》子《こ》
発行者 小宮英行
発行所 株式会社徳間書店
東京都品川区上大崎三-一-一
目黒セントラルスクエア 〒141-8202
電話 編集〇三(五四〇三)四三四九
販売〇四九(二九三)五五二一
振替 〇〇一四〇-〇-四四三九二
印刷 製本 株式会社広済堂ネクスト

ISBN978-4-19-894868-9 (乱丁、落丁本はお取りかえいたします)